KB266063

# 좋은 사람은 드물다

좋은 사람은 드물다

# 좋은 사람은 드물다

플래너리 오코너
고정아 옮김

현대문학

차례

좋은 사람은 드물다

A Good Man Is Hard to Find

할머니는 플로리다에 가고 싶지 않았다. 할머니는 테네시주 동부의 친척들을 보러 가고 싶어서, 베일리의 마음을 바꾸려고 온갖 노력을 다했다. 베일리는 할머니와 함께 사는, 할머니의 외아들이었다. 그는 식탁 앞 자기 의자 끝에 엉덩이를 걸치고 앉아 《저널》의 주황색 스포츠 섹션을 읽고 있었다. "이걸 보렴, 베일리. 이걸 읽어 봐." 할머니가 말했다. 그리고 한 손으로 앙상한 골반을 짚고 서서 다른 손으로는 아들의 벗어진 머리에 신문을 대고 흔들었다. "자칭 '부적응자'라는 친구가 연방 교도소를 탈출해서 플로리다 쪽으로 갔대. 이자가 사람들에게 무슨 짓을 했는지 여기 다 나와 있으니 읽어 봐. 나라면 아이들을 데리고, 탈옥한 범죄자와 같은 방향으로 가지 않을 거야. 그런 건 내 양심에 맞는 일이 아니야."

베일리가 스포츠 섹션에서 고개를 들지 않자, 할머니는 빙글 돌아서 아이들 엄마를 마주했다. 아이들 엄마는 바지를 입은 젊은 여자로 얼굴이 양배추처럼 넓고 순진했으며, 머리에는 정수리 부분을 토끼 귀처럼 뾰족하게 묶은 녹색 두건을 쓰고 있었다. 그녀는 소파에 앉아 아기에게 병에 든 살구를 먹이고 있었다. "아이들은 전에 플로리다에 다녀왔어." 노부인이 말했다. "색다른 곳에 데려가야 해. 세상의 여러 부분을 보고 견문을 넓혀야 해. 아이들은 테네시 동부에 간 적이 없잖아."

아이들 엄마는 그 말을 듣는 것 같지 않았지만 여덟 살 소년 존 웨슬리, 그러니까 안경을 쓴 뚱뚱한 아이가 말했다. "플로리다에 가기 싫으면 할머니는 그냥 집에 계시면 되잖아요?" 소년과 여동생 준 스타는 바닥에 앉아 신문의 만화 섹션을 읽고 있었다.

"할머니는 일일 여왕이 된다 해도 집에 안 계실 거야." 준 스타가 노란 머리를 들지도 않고 말했다.

"그렇지 않아. 너는 이 부적응자한테 잡히면 어떻게 할 거니?" 할머니가 물었다.

"얼굴을 갈기죠." 존 웨슬리가 말했다.

"수백만 달러를 준대도 할머니는 집에 안 계실 거야. 허전해서 견디지 못하실걸. 우리가 기는 곳은 꼭 따라오시잖아." 준 스타가 말했다.

"그래, 좋아." 할머니가 말했다. "다음번에 나한테 머리를 말아 달라고 하려면 먼저 그 말을 떠올리렴."

준 스타는 자기 머리는 원래 곱슬머리라고 했다.

다음 날 아침 할머니는 가장 먼저 준비를 마치고 자동차에 올랐다. 할머니는 한쪽 모퉁이에 하마 머리 장식이 있는 검은색의 큰 여행 가방을 챙겼고, 그 밑에 고양이 피티싱이 든 바구니를 숨겼다. 할머니는 고양이를 집에 사흘이나 혼자 두고 싶지 않았다. 고양이가 자신을 보고 싶어 할 것도 걱정이었고, 실수로 가스버너를 건드려서 질식해 죽을 것도 걱정이었다. 아들 베일리는 고양이를 데리고 모텔에 가는 것을 좋아하지 않았다.

할머니는 자동차 뒷좌석에 앉았고 존 웨슬리와 준 스타가 양옆에 앉았다. 베일리와 아이들 엄마와 아기는 앞 좌석에 앉았으며, 그들은 8시 45분에 주행 기록이 89,983킬로미터인 자동차를 타고 애틀랜타를 떠났다. 할머니는 이것을 기록했다. 돌아와서 얼마나 먼 길을 다녀왔나를 말하면 재미있을 거라고 생각했기 때문이다. 도시 외곽까지 가는 데 20분이 걸렸다.

노부인은 편안하게 앉은 뒤 흰 면장갑을 벗어 뒤 창문 앞 선반 위의 핸드백 옆에 두었다. 아이들 엄마는 오늘도 바지를 입고 머리에 역시 녹색 두건을 둘렀지만, 할머니는 가장자리에 흰 제비꽃을 꽂은 남색 나들이 모자를 쓰고 잘고 하얀 물방울무늬가 찍힌 남색 원피스를 입었다. 옷깃과 소맷부리는 얇은 모슬린 천에 레이스가 장식되고, 목선에는 향기 나는 가루를 담은 제비꽃 모양 장식을 달았다. 만약 사고가 나 할머니가 간선도로 위에서 죽는다 해도 그 시신을 본 사람은 누구라도 이분이 살아생전 숙녀였다는 것을 알 것이다.

할머니는 운전하기 좋은 날 같다고 말했다. 덥지도 춥지도 않았다. 그리고 베일리에게 제한속도가 시속

90킬로미터고, 교통경찰은 광고판이나 풀숲 같은 데 숨어 있다가 속도를 늦출 새도 없이 쫓아온다는 사실을 되새겨 주었다. 이어 할머니는 눈앞을 지나가는 흥미로운 풍경들을 설명했다. 스톤산, 간선도로 양편에 이따금 나타나는 푸른 화강암, 자주색 줄이 희미하게 박힌 반짝이는 붉은 흙둑. 땅 위에 녹색 레이스를 뜨는 온갖 작물들. 나무들은 은백색 햇빛을 가득 품었고, 가장 못난 놈들조차 반짝거렸다. 아이들은 만화 잡지를 읽었고, 아이들 엄마는 잠이 들었다.

"조지아주를 빨리 벗어나요. 별로 보고 싶지 않거든요." 존 웨슬리가 말했다.

"내가 어린아이라면 자기가 태어난 주를 그런 식으로 말하지 않을 거다. 테네시주는 산이 있고 조지아주는 언덕이 있지." 할머니가 말했다.

"테네시주는 촌뜨기 집합소예요. 조지아주도 구질구질하고요." 존 웨슬리가 말했다.

"맞아." 준 스타가 말했다.

"내 시절에 아이들은 자기 고향과 부모와 모든 것을 사랑했어." 할머니가 핏줄이 보이는 앙상한 손가락을 구부리며 말했다. "그 시절에 사람들은 올바르게 살았어. 아 저 귀여운 꼬마 검둥이*를 보렴!" 할머니가 오두막 문간에 서 있는 깜둥이 아이를 가리키며 말했다. "그림 소재로 좋지 않니?" 할머니가 물었고 모두가 고개를 돌려 뒤창으로 깜둥이 꼬마를 보았다. 아이는 손을 흔들었다.

"바지를 안 입었어요." 준 스타가 말했다.

"바지가 없어서 그랬을 게다. 시골 검둥이 꼬마들은 우리처럼 많은 걸 누리지 못해. 내가 그림을 그린다면 저 장면을 그릴 거야." 할머니가 말했다.

아이들은 만화책을 서로 교환했다.

할머니가 아기를 안아 주겠다고 했고, 아이들 엄마는 아기를 앞 좌석 너머로 할머니에게 넘겨주었다. 할머니는 아기를 무릎에 앉히고 어르며 아기에게 지나간 시절을 이야기했다. 눈도 굴리고 입술도 오므리고, 자신의 주름지고 여윈 얼굴을 매끈하고 평온한 아기 얼굴에 대기도 했다. 이따금 아기는 할머니에게

---

* 오코너는 작품에서 negro/nigger를 구별하여 사용했는데, 두 단어의 어감을 살리기 위해 여기에서는 아프리카계 미국인을 모욕적으로 일컫는 말인 negro를 '검둥이'로, 이보다 더 심하게 모욕적인 말인 nigger를 '깜둥이'로 옮겼다.

멍한 미소를 보였다. 그들은 넓은 목화밭을 지나갔는데, 목화밭 가운데 무덤 대여섯 기가 무슨 섬처럼 울타리를 두르고 있었다. 할머니가 그곳을 가리키며 말했다. "저 묘지를 보렴! 저곳은 유서 깊은 가문의 매장지였어. 대농장 가문이었지."

"대농장은 어디 있나요?" 존 웨슬리가 물었다.

"바람과 함께 사라졌단다 하하." 할머니가 웃었나.

가지고 온 만화책을 다 읽자 아이들은 도시락을 꺼내서 먹었다. 할머니는 땅콩버터 샌드위치와 올리브를 먹으며 아이들이 도시락 상자와 종이 냅킨을 창밖에 버리지 못하게 했다. 달리 할 일이 없자 그들은 한 사람이 구름을 가리키면 다른 두 사람이 그 모양을 맞히는 놀이를 했다. 존 웨슬리가 소 모양 구름을 가리켰고, 준 스타가 소라고 하자 존 웨슬리가 아냐, 자동차야 했다. 준 스타는 거짓말하지 말라고 했고, 아이들은 할머니를 사이에 두고 서로를 때렸다.

할머니는 아이들에게 조용히 하면 이야기를 해 주겠다고 했다. 이야기를 할 때 할머니는 눈을 굴리고 고개를 흔들고 하면서 극적인 분위기를 만들었다. 예전에 할미가 처녀였을 때 조지아주 재스퍼에 사는 에드가 앳킨스 티가든이라는 남자가 할미 마음을 사려고 했지. 그 남자는 잘생겼고 신사인 데다 매주 토요일 오후면 껍질에 자기 이름 이니셜 E. A. T.를 새긴 수박을 가져왔어. 그러던 어느 토요일, 티가든 씨가 마차를 타고 수박을 가지고 왔다가 집에 아무도 없는 걸 보고 그걸 그냥 현관에 두고 돌아갔는데 그날 나는 수박을 못 먹었단다. 검둥이 아이가 그 이니셜 E. A. T.를 보고 수박을 먹어 버린 거야! 존 웨슬리는 그 이야기가 재미있어서 키득거렸지만 준 스타는 별로 재미있어하지 않았다. 준 스타는 토요일에 수박만 가지고 오는 남자하고는 결혼하지 않을 거라고 했다. 할머니는 티가든 씨하고 결혼했으면 좋았을 거라고, 그 사람은 신사였고 코카콜라 주식이 처음 나왔을 때 그걸 산 데다 불과 몇 년 전에 아주 많은 돈을 남기고 죽었다고 했다.

그들은 바비큐 샌드위치를 먹으려고 타워에 멈추었다. 타워는 티모시 외곽에 석회와 목재로 지은 주유소 겸 댄스홀이었다. 레드 새미 버츠라는 뚱뚱한 남자가 운영했고, 건물 곳곳뿐 아니라 간선도로 곳곳에도 안내문을 붙여 놓았다. '레드 새미의 소문난 바비큐를 먹어 보세요. 그 무엇도 따라잡을 수 없는 레드 새미의 바비큐! 레드 새미! 유쾌한 뚱보 레드 새미! 퇴역 군인 레드 새미는 여러분의 친구입니다.'

레드 새미는 타워 바깥에 있는 트럭 밑에 머리를 넣고 누워 있었고, 옆에는 키가 30센티미터 정도 되는 회색 원숭이 한 마리가 작은 멀구슬나무에 묶여 재잘거렸다. 원숭이는 아이들이 차에서 내려 달려오는 것을 보자 즉시 나무로 뛰어들어 꼭대기로 올라갔다.

타워는 넓고 어두운 공간으로, 한쪽 끝에는 카운터가 있고 다른 쪽 끝에 테이블이 있었으며, 그 중간에 춤추는 공간이 있었다. 그들은 모두 주크박스 옆 보드 테이블에 앉았고, 레드 새미의 아내인 갈색 피부에 키가 크고 머리와 눈 색깔이 피부색보다 연한 여자가 와서 주문을 받았다. 아이들 엄마는 주크박스에 10센트 동전을 떨구고 〈테네시 왈츠〉를 틀었는데, 할머니는 저 노래를 들으면 늘 춤을 추고 싶어진다고 말했다. 할머니는 베일리에게 춤을 추고 싶지 않으냐고 물었지만, 그는 할머니를 빤히 바라보기만 했다. 그는 할머니만큼 밝은 성격이 아니었고 여행을 할 때면 늘 신경이 곤두섰다. 할머니의 갈색 눈은 밝게 빛났다. 할머니는 고개를 까딱이며 의자에 앉은 채로 춤을 추는 흉내를 냈다. 준 스타가 탭댄스를 출 수 있는 음악을 틀어 달라고 하자, 아이들 엄마는 다시 동전을 넣어 빠른 곡을 틀었고, 준 스타는 댄스 플로어로 나가서 탭댄스를 추었다.

"아이고 귀여워라. 내 딸 안 할래?" 레드 새미의 아내가 카운터 너머로 몸을 기울이고 말했다.

"절대 안 돼요." 준 스타가 말했다. "백만 달러를 줘도 이렇게 낡은 집에서는 안 살아요!" 그리고 아이는 다시 테이블로 뛰어갔다.

"정말 귀여워." 여자가 예의 바르게 입을 잡아 늘이며 다시 말했다.

"부끄러운 줄 아세요." 할머니가 나직하게 화를 냈다.

레드 새미가 들어오더니 아내에게 카운터에서 빈둥거리지 말고 빨리빨리 주문을 처리하라고 말했다. 그의 카키색 바지는 허리가 골반에 걸쳐졌고, 그 위로 배가 곡식 자루처럼 늘어져서 흔들렸다. 그가 가까운 테이블에 앉더니 한숨과 요들이 섞인 듯한 소리를 냈다. "방법이 없어요, 방법이." 그가 말하고, 회색 손수건으로 붉은 얼굴의 땀을 닦았다. "요즘은 누구를 믿어야 할지 알 수가 없다니까요. 그렇지 않습니까?"

"확실히 사람들이 예전처럼 친절하지 않아요." 할머니가 말했다.

"지난주에 여기 두 사람이 크라이슬러 자동차를 타고 왔어요." 레드 새미가 말했다. "낡기는 했지만 좋은 차였고 사람들은 괜찮아 보였습니다. 제분소에서 일한다고 하길래 휘발유 값을 알아서 내라고 했죠. 내가 도대체 왜 그랬을까요?"

"좋은 분이라서 그런 거죠!" 할머니가 즉시 대답했다.

"네, 그런 것 같습니다." 레드 새미는 그 대답이 마음에 드는 듯 말했다.

새미의 아내가 주문한 음식을 가져왔다. 쟁반도 없이 접시 다섯 개를 들고 왔다. 한 손에 두 개씩 들고 하나는 팔에 얹어서. "하느님이 만든 이 푸른 세상에 믿을 수 있는 사람이 하나도 없어요. 한 사람도 예외가 없어요. 한 사람도." 여자는 레드 새미를 바라보며 말했다.

“신문에서 탈옥한 죄수 부적응자 기사를 봤나요?” 할머니가 물었다.

“그자가 여기를 공격한다고 해도 난 놀라지 않을 거예요.” 여자가 말했다. “그자가 이곳에 대해 이야기를 듣는다면 여기 나타나더라도 놀라운 일은 아닐 거예요. 그자가 여기 금전등록기에 2센트가 있다는 말을 들으면……”

“그만하고 이분들에게 콜라를 가져다 드려.” 레드 새미가 말했다. 여자는 남은 음식을 마저 가지러 갔다.

“좋은 사람은 참 드물어요.” 레드 새미가 말했다. “모든 게 험악해지고 있어요. 외출하면서 집에 빗장도 안 걸던 시절이 있었는데. 그런 시절은 갔죠.”

그와 할머니는 좋았던 옛날을 이야기했다. 노부인은 오늘날 이런 사태는 모두 유럽 탓이라고 했다. 유럽은 미국 사람은 무조건 갑부인 줄 안다고 했고, 레드 새미는 말해 무엇하겠느냐고, 사모님 말씀이 정말 맞는다고 했다. 아이들은 하얀 햇빛 속으로 달려 나가서 레이스 같은 멀구슬나무 위의 원숭이를 보았다.

원숭이는 아이들은 신경도 쓰지 않고 자기 몸에서 벼룩을 잡아 별미 음식처럼 조금씩 입에 넣었다.

그들은 다시 차에 올라타고 뜨거운 오후 속으로 들어갔다. 할머니는 쪽잠을 자다가 자기 코 고는 소리에 놀라 깨었다 했다. 그러다가 톰스보로 외곽에서 잠이 깨고는 젊은 시절에 이 지역의 대농장을 방문했던 일을 떠올렸다. 그 집은 전면에 하얀 기둥이 여섯 개 있고, 참나무 길이 집 앞까지 뻗었으며, 집 양옆에 작은 목조 정자가 있어서 구혼자와 함께 정원을 산책하다가 앉아서 쉴 수 있었다고 했다. 할머니는 거기로 가는 길을 정확히 기억하고 있다고 했다. 베일리는 옛날 집을 보는 데 시간을 낭비하고 싶지 않겠지만, 이야기를 할수록 그 집을 다시 보고 싶다고, 두 개의 쌍둥이 정자가 아직도 있는지 궁금하다고 했다. "그 집에는 비밀의 벽이 있어." 할머니가 교활하게 말했다. 그것은 진실이 아니었지만, 할머니는 그게 진실이기를 바랐다. "셔먼이 왔을 때 집안의 은그릇이 모두 거기 숨겨져 있다는 이야기가 돌았는데 발견되지 않았지……"

"거기 가요!" 존 웨슬리가 말했다. "가서 보물을 찾아요! 나무 벽을 전부 쑤시고 다녀서 찾아요. 거기 누가 살아요? 어디로 나가야 되죠? 아빠, 거기 가면 안 돼요?”

“비밀 벽이 있는 집은 본 적이 없어요!” 준 스타가 소리 질렀다. “비밀 벽이 있는 집에 가요! 아빠, 비밀 벽이 있는 집에 가요!”

“여기서 멀지 않아. 20분도 안 걸려.” 할머니가 말했다.

베일리는 앞만 바라보았다. 턱이 말편자처럼 딱딱했다. “안 돼.” 그가 말했다.

아이들은 비밀 벽이 있는 집이 보고 싶다고 소리를 지르며 난리를 피웠다. 존 웨슬리는 앞 좌석 등받이를 발로 찼고 준 스타는 엄마의 어깨에 매달려서 자기들은 휴가 여행이 하나도 재미없다고, 자기들이 원하는 건 아무것도 못 한다고 거세게 불평했다. 아기도 울음을 터뜨렸고, 존 웨슬리가 의자 등받이를 하도 세게 차서 베일리는 콩팥이 흔들릴 지경이었다.

“좋아!” 그가 소리를 지르고 도로변에 차를 세웠다. “조용히 좀 못하니? 조용히 좀 해 봐. 입 안 다물면 아무 데도 안 갈 거야.”

"거긴 아이들한테 아주 교육적일 거야." 할머니가 나직하게 말했다.

"좋아. 하지만 이걸 잊지 마. 이런 일로 중간에 서는 건 이번이 처음이자 마지막이라는 걸. 처음이자 마지막이야."

"그리 가는 비포장도로로 들어서려면 여기서 1.5킬로미터를 다시 돌아가야 해." 할머니가 말했다. "아까 지나칠 때 기억해 두었어."

"비포장도로라." 베일리가 불만스럽게 말했다.

차를 돌려서 그 비포장도로를 향해 갈 때 할머니는 그 집의 다른 점들도 기억해 냈다. 현관부의 아름다운 유리 지붕, 현관 안쪽의 초롱. 존 웨슬리는 비밀 벽은 아마 벽난로 안에 있을 거라고 말했다.

"집 안에 들어가면 안 돼. 누가 사는지 모르잖아." 베일리가 말했다.

"어른들이 현관에서 그 집 사람들이랑 이야기할 때 제가 뒤쪽으로 가서 창문으로 들어갈게요." 존 웨슬리가 말했다.

"우리는 모두 차 안에 있을 거야." 아이들 엄마가 말했다.

그들은 비포장도로에 들어섰고 자동차는 분홍 먼지구름을 뚫고 덜컹덜컹 달렸다. 할머니는 이 세상에 포장도로라는 것이 없던 시절, 50킬로미터를 가는 데 하루가 걸리던 시절을 이야기했다. 비포장도로는 언덕길이었고 중간에 물웅덩이들도 불쑥불쑥 튀어나왔으며, 위험한 제방 위의 급커브도 많았다. 어느 순간 그들은 언덕 꼭대기에 올라서 사방 수 킬로미터를 뻗은 푸른 숲을 내려다보게 되었다. 그리고 길 앞쪽에는 먼지 덮인 나무들이 늘어선 붉은 함몰 지대가 있었다.

"1분 후에도 그 집이 안 나타나면 차를 돌리겠어요." 베일리가 말했다.

길은 여러 달 동안 아무도 다니지 않은 것 같았다.

"별로 안 멀어." 할머니가 말했는데, 그 순간 끔찍한 생각이 떠올랐다. 그 생각이 너무도 당황스러워서 할머니는 얼굴이 빨개지고 동공이 풀렸으며 두 발이 튀어 올라 구석의 여행 가방을 쳤다. 가방이 떨어지자 그 밑의 바구니를 덮은 신문지가 그르릉 소리와 함께 솟아오르더니 고양이 피티싱이 베일리의 어깨로 뛰어올랐다.

아이들은 바닥으로 떨어졌고, 아이들 엄마는 아기를 안고 문 밖으로 튀어 나가 바닥을 굴렀다. 할머니는 앞 좌석으로 튀어 나갔다. 자동차는 한 번 굴러서 도로변 협곡에 오른쪽 옆면을 위로 하고 착지했다. 베일리는 운전석에 있었고 고양이―넓적하고 하얀 얼굴, 주황색 코를 가진 회색 줄무늬 고양이―는 송충이처럼 그의 목에 매달렸다.

아이들은 팔다리를 움직일 수 있게 되자 자동차 밖으로 나가면서 "사고가 났어요!" 하고 소리쳤다. 할머니는 대시보드 밑에 몸을 웅크리고 차라리 자기가 다쳐서 베일리의 분노가 자신에게 쏟아지지 않기를 소망했다. 사고 직전에 부인에게 떠오른 끔찍한 생각은 그렇게 생생하게 기억하는 그 집이 조지아주가 아니라 테네시주에 있다는 것이었다.

베일리는 두 손으로 고양이를 떼어 내서 창밖의 소나무를 향해 던졌다. 그런 뒤 자동차 밖으로 나가서 아이들 엄마를 찾았다. 그녀는 빽빽 우는 아기를 안고 붉은 도랑벽에 기대앉아 있었지만, 얼굴이 한 곳 베이고 어깨가 부러졌을 뿐이었다. "사고가 났어요!" 아이들이 신이 나서 소리쳤다.

"하지만 아무도 안 죽었어." 준 스타가 할머니가 절뚝거리며 차에서 나오는 모습을 보고 실망해서 말했다. 모자는 핀으로 계속 머리에 고정되어 있었지만 망가진 앞쪽 챙은 경쾌한 각을 이루어 섰고 제비꽃이 옆으로 늘어졌다. 식구들은 아이들을 빼고 모두 도랑에 앉아서 충격을 다스렸다. 모두가 떨고 있었다.

"지나가는 차가 있을 거야." 아이들 엄마가 갈라진 목소리로 말했다.

"몸속을 다친 것 같아." 할머니가 옆구리를 누르며 말했지만 아무도 대답하지 않았다. 베일리는 이를 떨었다. 그는 파란 앵무새가 그려진 노란 스포츠 셔츠를 입었는데, 얼굴이 셔츠 색깔만큼 노랬다. 할머니는 그 집이 테네시주에 있다는 말을 하지 않기로 결심했다.

도로는 3미터 정도 위에 있었고, 그들의 눈에는 도로 건너편의 숲 꼭대기밖에 보이지 않았다. 그들이 앉은 도랑 뒤쪽도 크고 검고 깊은 숲이었다. 그런데 몇 분 후에 자동차 한 대가 언덕 저편에 나타나서 그들을 본 듯 천천히 다가오는 모습이 보였다. 할머니는 일어서서 자동차의 눈길을 끌기 위해 격렬하게 두 팔을 흔들었다. 자동차는 천천히 다가오더니 굽이를 돌아 사라졌다가 훨씬 느린 속도로 그들이 넘어온 언덕에 나타났다. 그것은 크고 낡은 검은색 장의차 같은 자동차였다. 차 안에는 세 사람이 있었다.

자동차가 그들을 약간 지나친 곳에 멈춰 섰고, 운전자는 몇 분 동안 무표정하게 그들 쪽을 내려다보았지만 말은 하지 않았다. 그가 고개를 돌리고 다른 두 사람에게 뭐라고 말을 하자 두 사람이 차에서 내렸다. 한 사람은 뚱뚱한 청년으로, 검은 바지를 입고 앞에 은색 말이 그려진 빨간 스웨터를 입었다. 청년은 그들 오른편으로 왔는데, 살짝 벌린 입이 느슨한 미소 같은 것을 띠었다. 다른 한 사람은 카키색 바지와 청색 줄무늬 코트를 입었고, 회색 모자로 얼굴 대부분을 가렸다. 그는 천천히 왼쪽으로 왔다. 둘 다 말은 하지 않았다.

운전자도 차에서 내리더니 그 자리에 서서 먼저 내린 두 사람을 내려다보았다. 두 사람보다 나이가 많았다. 머리에 흰머리가 섞였고, 학자 같은 분위기의 은테 안경을 썼다. 긴 얼굴은 주름이 졌고, 셔츠도 속셔츠도 입지 않았다. 지나치게 끼는 청바지를 입었고 검은 모자와 총을 들고 있었다. 먼저 내린 두 청년도

총이 있었다.

"사고가 났어요!" 아이들이 소리쳤다.

할머니는 안경 낀 남자를 아는 것 같은 이상한 느낌이 들었다. 평생 동안 알고 지낸 듯 익숙했는데, 누군지는 기억나지 않았다. 그는 차 옆을 떠나더니 미끄러지지 않도록 조심하며 천천히 제방을 내려왔다. 신발은 갈색과 흰색이 섞인 구두였고, 양말은 신지 않았으며 발목은 붉고 가늘었다. "안녕하십니까. 사고가 난 것 같군요." 그가 말했다.

"두 번 굴렀어요!" 할머니가 말했다.

"한 번이에요." 남자가 지적했다. "우리가 직접 봤어요. 하이럼, 이분들 차가 달릴 수 있는지 한번 점검해 봐." 그가 회색 모자를 쓴 청년에게 조용히 말했다.

"총은 왜 가지고 있어요? 총으로 뭘 할 거예요?" 존 웨슬리가 물었다.

"사모님." 남자가 아이들 엄마한테 말했다. "아이들을 옆에 불러 앉혀 주시지 않겠습니까? 저는 아이들이 있으면 불안해집니다. 모두 지금 그 자리에 함께 앉아 있기 바랍니다."

"아저씨가 뭔데 우리한테 이래라저래라 해요?" 준

스타가 말했다.

그들 뒤쪽에는 숲이 검은 입을 벌리고 있었다. "이리 오렴." 아이들 엄마가 말했다.

"저희가 곤경에 처했습니다! 저희는……" 베일리가 말했다.

할머니가 비명을 질렀다. 그리고 벌떡 일어나서 남자를 노려보았다. "당신, 그 부적응자지! 바로 알아봤어!"

"맞습니다." 남자는 자신이 유명하다는 사실이 어쩔 수 없이 기쁜 듯 살짝 웃으며 말했다. "하지만 여러분 모두를 위해 사모님이 저를 못 알아보는 편이 좋았을 겁니다."

베일리는 고개를 돌리고 어머니에게 뭐라고 말했고, 그 말에 아이들조차 놀랐다. 노부인은 울음을 터뜨렸으며, 부적응자는 얼굴이 빨개졌다.

"사모님, 기분 나빠 하지 마세요." 그가 말했다. "남자들은 때로 생각과 다른 말을 하는 법입니다. 그 말이 저분의 진심이라고는 생각하지 않습니다."

"설마 숙녀를 쏠 건 아니겠죠?" 할머니가 말하고 소맷부리에서 깨끗한 손수건을 꺼내서 눈자위를 찍었다.

부적응자는 구두코를 땅속에 박아 작은 구멍을 냈다가 다시 메우고 말했다. "그러고 싶지는 않습니다."

"난 알아요." 할머니가 비명을 지르듯이 말했다. "당신은 좋은 사람이에요. 당신은 평민의 피가 흐르는 사람 같지 않아요. 품위 있는 가문 출신이 틀림없어요!"

"그렇습니다. 아주 품위 있는 가문 출신이죠." 그가 말했고, 튼튼하고 하얀 이를 드러내며 미소를 지었다. "우리 어머니처럼 품위 있는 여성은 세상에 다시 없었고, 우리 아버지의 심장은 고결하기가 순금 같았습니다." 빨간 스웨터의 청년이 그들 뒤로 와서 총을 허리에 대고 섰다. 부적응자는 땅바닥에 쪼그려 앉아서 말했다. "애들을 잘 봐, 보비 리. 내가 애들을 보면 불안해지는 거 알지?" 그는 한데 뭉쳐 앉은 여섯 명을 보았고, 당황스러워서 무슨 말을 할지 모르겠다는 표정이 되었다. "하늘에 구름 한 점 없네요. 해는 안 보이지만 구름도 안 보여요." 그가 하늘을 보고 말했다.

"네, 아름다운 날이에요." 할머니가 말했다. "이봐요. 당신 같은 사람이 스스로 부적응자라는 이름을 붙이면 안 돼요. 내가 볼 때 당신은 본래 좋은 사람이니까요. 딱 보면 알아요.”

“조용히 해요! 모두 입 다물고 나한테 맡겨요!” 베일리가 소리쳤다. 그는 곧 경주를 시작할 육상 선수처럼 쪼그려 앉아 있었지만 움직이지는 않았다.

“말씀 고맙습니다, 사모님.” 부적응자가 말하고 총의 개머리로 바닥에 작은 원을 그렸다.

“고치는 데 30분 걸릴 것 같아요.” 하이럼이 자동차 보닛을 열고 안을 들여다보며 소리쳤다.

“너하고 보비 리는 먼저 저 남자와 남자애를 데리고 저리로 가.” 부적응자가 베일리와 존 웨슬리를 가리키며 말하고 이어 베일리에게 말했다. “제 수하들이 선생께 무언가 요구할 겁니다. 수하들과 같이 숲으로 잠시 가 주시지 않겠습니까?”

“우리는 곤경에 처했어요! 아무도 지금 우리 상황을 몰라요.” 베일리가 말했고 그의 목소리가 갈라졌다. 그의 눈은 셔츠에 그려진 앵무새만큼 짙은 파란색이 되었고, 그는 얼어붙은 듯 꼼짝하지 않았다.

할머니는 자기도 같이 숲으로 들어가려는 듯 모자를 바로잡았지만 모자는 손으로 떨어졌다. 할머니는 잠시 그것을 바라보다가 그냥 땅으로 떨구었다. 하이럼이 노인을 부축하듯 베일리의 팔을 잡았다. 존 웨슬리는 아버지의 손을 잡았고 보비 리가 그 뒤를 따랐다. 그들은 숲으로 갔고, 어두운 숲가에 이르자 베일리가 돌아서서 회색 소나무 줄기에 기대고 소리쳤다. "금방 갈게요, 어머니. 기다려요!"

"지금 바로 와!" 그의 어머니가 소리쳤지만 그들은 모두 숲으로 사라졌다.

"베일리!" 할머니가 비극적인 목소리로 외쳤지만 자기 눈앞에는 지금 부적응자가 쪼그려 앉아 있다는 것을 깨달았다. "당신은 좋은 사람이에요. 절대 평민이 아니에요!" 할머니가 필사적으로 말했다.

"나는 좋은 사람이 아니에요." 부적응자가 그 말을 꼼꼼히 생각해 보는 듯 약간 뜸을 들이고는 덧붙였다. "하지만 세상에서 가장 나쁜 놈도 아닙니다. 우리 아빠는 내가 형제자매들과 품종이 다르다고 하셨죠. 이렇게 말씀하셨어요. '어떤 사람은 인생에 대해 아무것도 묻지 않으면서 평생을 살 수 있지만 어떤 사람은 그 이유를 물어야 해. 그리고 이 아이는 후자야! 이 아이는 엄청난 놈이 될 거야!' 하고요." 그는 검은 모자를 머리에 쓰고 고개를 번쩍 들더니 다시 당황한 듯 숲 깊은 곳으로 시선을 돌렸다. "숙녀분들 앞에서 상의를 벗고 있는 걸 사과드립니다." 그가 어깨를 약간 웅크리고 말했다. "우리가 탈출할 때 입었던 옷은 묻었고, 상황이 좋아질 때까지 겨우 버티고 있습니다. 이것도 중간에 만난 사람들에게 빌린 것이죠."

"그러셔야죠. 아들 가방에 여분의 셔츠가 있을 거예요." 할머니가 말했다.

"보면 알겠죠." 부적응자가 말했다.

"두 사람을 어디로 데려간 건가요?" 아이들 엄마가 소리쳤다.

"우리 아버지는 재미있는 사람이었어요." 부적응자가 말했다. "누구에게도 이용당하지 않을 분이었죠. 하지만 당국과 마찰을 빚은 적은 한 번도 없어요. 그쪽 사람들을 다룰 줄 알았어요."

"당신도 노력하면 정직하게 살 수 있어요." 할머니가 말했다. "늘 누군가에게 쫓기는 삶이 아니라 정착해서 편안하게 사는 게 얼마나 좋을지 생각해 봐요."

부적응자는 개머리로 계속 땅바닥을 긁는 것이 마치 그 제안을 생각해 보는 듯했다. "맞아요, 늘 누군가에게 쫓기죠." 그가 중얼거렸다.

할머니는 일어선 채로 그를 내려다보았기에 모자 아래로 보이는 그의 빗장뼈가 아주 가늘다는 걸 알아차렸다. "기도해 본 적 있나요?" 할머니가 물었다.

그는 고개를 저었다. 부인이 본 것은 검은 모자가 빗장뼈 사이에서 흔들리는 모습뿐이었다. "아뇨." 그가 말했다.

숲에서 탕 총소리가 나고 이어 다시 한 방이 울렸다. 그리고 침묵이 흘렀다. 노부인의 고개가 휙 돌아갔다. 우듬지들 틈에 바람이 길고 만족스러운 들숨처럼 움직였다. "베일리!" 부인이 소리쳤다.

"성가대에 있던 적이 있어요." 부적응자가 말했다. "사실 안 해 본 게 없어요. 군에도 있었어요. 육군에도 있고 해군에도 있고 국내에도 있고 해외에도 있었어요. 결혼도 두 번 했고, 장의사에서도 일하고 철도에서도 일했고, 대지를 경작한 적도 있어요. 토네이도에도 휩쓸려 봤고, 산 채로 불탄 남자도 봤어요." 그리고 고개를 들어 한데 뭉쳐 앉은 아이들 엄마와 여자아이를 보았다. 두 사람의 얼굴은 하얗고, 눈은 멍했다. "심지어 매 맞는 여자도 봤어요." 그가 말했다.

"기도하세요. 기도를……" 할머니가 입을 열었다.

"내가 기억하는 나는 나쁜 소년이 아니었어요." 부적응자가 꿈꾸는 듯한 목소리로 말했다. "하지만 어쩌다가 잘못된 일을 해서 교도소에 갔죠. 거기 산 채로 묻혀 있었어요." 그러더니 고개를 들고 차분한 눈길로 할머니의 눈길을 자신에게 고정시켰다.

"그때 기도를 시작했어야 해요." 할머니가 말했다. "애초에 교도소에 간 건 무슨 일 때문이었나요?"

"오른쪽도 벽이고 왼쪽도 벽이었어요." 부적응자가 구름 없는 하늘을 다시 올려다보며 말했다. "위를 보면 천장이고 아래를 보면 감방 바닥이었죠. 무슨 일로 간 건지는 잊었습니다, 사모님. 내가 어쩌다 거기가게 됐는지 기억해 보려고 했지만 지금도 생각이 안 나요. 이따금 기억날 것 같을 때도 있었는데, 결국 안 나더군요."

"어쩌면 당국의 실수였는지도 몰라요." 노부인이 어물쩍 말했다.

"아뇨. 실수가 아니었어요. 서류가 있었어요." 그가 말했다.

"무언가 훔쳤을 거예요." 할머니가 말했다.

부적응자가 가볍게 비웃고 말했다. "내가 원하는 건 아무도 갖고 있지 않았어요. 교도소의 수석 의사는 내가 아버지를 죽였다고 했지만 그건 거짓말이에요. 우리 아버지는 1919년에 유행성 독감으로 죽었고 나는 그 일과 아무 상관없어요. 아버지는 마운트 호프웰 침례교회 묘지에 묻혔어요. 지금도 가면 볼 수 있어요."

"기도를 하면 예수님이 당신을 도와줄 거예요." 노부인이 말했다.

"그래요." 부적응자가 말했다.

"그러면 기도를 해 봐요." 부인이 갑자기 기쁨에 떨리는 목소리로 말했다.

"나는 도움이 필요 없어요. 혼자서도 잘해요." 그가 말했다.

보비 리와 하이럼이 숲에서 돌아왔다. 보비 리의 손에는 파란 앵무새가 그려진 노란 셔츠가 들려 있었다.

"그 셔츠 이리 줘, 보비 리." 부적응자가 말했다. 셔츠가 그에게 날아가 어깨에 내려앉았고 그는 그것을 입었다. 할머니는 그 셔츠를 보고 무엇이 떠올랐는지 말할 수 없었다. 부적응자가 단추를 채우며 말했다. "아뇨, 사모님. 범죄가 뭐였는지는 중요하지 않아요. 한 가지 일을 할 수 있으면 다른 일도 해요. 사람을 죽이는 일이건 자동차의 타이어를 빼내는 일이건. 사람들은 자기가 한 일을 금세 잊지만 어쨌건 그 일로 벌을 받죠."

아이들 엄마는 숨 쉬기가 곤란한 듯 씨근덕거렸디. 무적응자가 말했다. "사모님, 이 아이와 함께 보비 리와 하이럼을 따라 숲 속의 남편에게 가시지 않겠습니까?"

"네, 고마워요." 아이들 엄마가 희미하게 말했다. 왼팔은 힘없이 늘어져 있고, 다른 팔로는 잠든 아기를 안고 있었다. "사모님을 도와 드려, 하이럼." 아이들 엄마가 도랑에서 나오려고 할 때 부적응자가 말했다. "그리고 보비 리, 너는 여자애 손을 잡아."

"손잡기 싫어요. 꼭 돼지같이 생겼어." 준 스타가 말했다.

뚱뚱한 청년이 얼굴을 붉히고 웃더니 아이의 팔을 잡고 하이럼과 아이들 엄마를 뒤따라 숲으로 끌고 갔다.

부적응자와 둘이 남은 할머니는 목소리가 나오지 않는다는 사실을 깨달았다. 하늘에는 구름 한 점 없고 해도 보이지 않았다. 주변은 온통 숲이었다. 할머니는 그에게 기도해야 한다고 말하고 싶었다. 그래서 입을 여러 번 벌렸다 닫았다. 마침내 할머니가 한 말은 "예수님, 예수님"이었다. 그것은 예수님이 당신을 도와줄 거라는 뜻이었지만, 그 말투는 한탄하는 것 같았다.

"그래요." 부적응자가 자기도 그렇게 생각한다는 듯 말했다. "예수님이 모든 것을 흔들었어요. 그 사람도 나하고 똑같았어요. 다른 점이라면 그 사람은 범죄를 안 저질렀고 나는 저지른 증거가 있다는 것뿐이에요. 나한테는 서류가 있으니까요. 물론 사람들은 나한테 서류를 보여 주지 않았어요. 그래서 지금은 내가 서명을 합니다. 오래전에 나는 말했어요. 서명을 만들어서 자신이 하는 모든 일에 서명을 하고 사본을 보관하라고요. 그러면 자기가 무슨 일을 했는지 알고 범죄를 처벌에 부치고 또 그 둘이 잘 맞는지 확인하고 결국 자기가 올바른 취급을 받지 않았다는 걸 증명할 수 있으니까요. 나는 내게 부적응자Misfit라는 이름을 붙였습니다. 내가 저지른 잘못하고 내가 받은 벌하고 계산을 맞출 수가 없거든요.”

숲에서 귀청을 찢는 비명이 울리고 바로 총성이 이어졌다. “누구는 엄청난 벌을 받고 누구는 전혀 벌을 받지 않는 게 옳은 일 같습니까, 사모님?”

“오, 예수님!” 노부인이 소리쳤다. “당신은 좋은 핏줄이에요! 숙녀를 쏠 사람이 아니에요. 품위 있는 집안 출신이에요! 기도하세요. 숙녀를 쏘면 안 돼요. 가진 돈을 전부 줄게요!”

“사모님, 시체는 장의사에게 팁을 주지 않습니다.” 부적응자가 할머니 너머 숲 속을 멀리 바라보며 말했다.

두 발의 총성이 더 울렸고 할머니는 목이 말라 물을 찾는 칠면조처럼 고개를 쳐들고 심장이 으스러지는 듯 소리쳤다. “베일리, 내 아들! 베일리!”

“죽은 자를 일으킨 사람은 예수님밖에 없어요.” 부적응자가 말했다. “그리고 그건 잘못이에요. 그 사람이 모든 것을 흔들었어요. 그 사람이 자기 말대로 한다면 우리는 모든 걸 버리고 그 사람을 따라가는 것밖에 할 게 없죠. 그런데 그 사람이 안 그러면 우리는 남아 있는 짧은 시간을 힘껏 즐기는 수밖에 없어요. 사람을 죽일 수도 있고 불을 지를 수도 있고 다른 나쁜 짓을 할 수도 있어요. 나쁜 짓만큼 재미난 게 없거든요." 그의 목소리는 거의 으르렁거리는 것 같았다.

"어쩌면 그분이 죽은 자를 일으키지 않았을지도 몰라요." 노부인이 중얼거렸지만 자기가 뭐라고 하는지도 몰랐고, 너무 어지러워서 비틀린 두 다리를 깔고 도랑에 털썩 주저앉았다.

"내가 직접 본 게 아니니 안 그랬다고 말 못 해요. 직접 봤으면 좋았겠지만." 부적응자가 말하더니 주먹으로 땅을 내리치며 목소리를 높였다. "내가 직접 못 본 건 잘못이에요. 직접 봤다면 확실히 알았을 텐데. 직접 봤다면 확실히 알았을 테고 지금처럼 되지 않았을 거예요." 그의 목소리가 갈라질 것 같았고 할머니는 잠시 머리가 맑아졌다. 할머니는 남자가 울음이라도 터뜨릴 듯 일그러진 얼굴을 자신에게 바짝 들이대자 중얼거리듯 말했다. "너도 내 아기들 중 하나야. 내 새끼들 중 하나!" 할머니가 손을 내밀어 그의 어깨를 만졌다. 부적응자는 뱀에 물린 듯 뒤로 펄쩍 물러나서 할머니의 가슴에 총을 세 방 쏘았다. 그런 뒤 총을 땅에 내려놓고 안경을 벗어서 닦았다.

숲에서 돌아온 하이럼과 보비 리는 도랑 옆에 서서 할머니가 아이처럼 두 다리를 엉덩이 밑에 엇갈려 접고 흥건한 핏물 속에 기대앉아 있는 모습을 보았다. 얼굴은 구름 없는 하늘을 보며 웃고 있었다.

안경을 벗은 부적응자의 눈은 충혈되고 창백하고 힘없어 보였다. "저 할머니를 다른 사람들 곁에 데려다 놔." 그가 말하고 자기 다리에 몸을 비비는 고양이를 집어 들었다.

"할머니가 참 말도 많았어." 보비 리가 말하고 요들을 부르며 도랑으로 내려갔다.

"평생 누가 옆에서 1분에 한 번씩 총을 쏴 주었다면 좋은 사람이 됐을 거야." 부적응자가 말했다.

"재미있겠는걸!" 보비 리가 말했다.

"헛소리하지 마, 보비 리. 인생에 진짜 즐거움은 없어." 부적응자가 말했다.

당신이 지키는 것은
어쩌면 당신의 생명

The Life You Save May Be Your Own

노부인과 딸이 툇마루에 나와 앉아 있을 때 시프틀릿 씨가 처음으로 그 집 앞의 길을 걸어왔다. 노부인은 의자 끝으로 미끄러져 앉아 고개를 내밀고 강렬한 노을빛을 손으로 가렸다. 딸은 먼 곳을 보지 못해서 손가락 장난만 계속했다. 노부인은 이 황량한 곳에 딸과 둘이 살았고, 시프틀릿 씨는 처음 보는 사람이었지만 멀리서도 그가 떠돌이고 겁낼 필요가 없는 사람이라는 걸 알았다. 왼쪽 코트 소매가 위로 접혀서 그쪽 팔이 절반뿐이라는 걸 알려 주었고, 앙상한 몸매는 바람에 밀리는 듯 옆으로 살짝 기울어졌다. 그는 검은 정장을 입고, 앞 챙이 뒤집히고 뒤 챙은 내려간 갈색 펠트 모자를 썼으며 주석 연장 통을 들었다. 그는 태양을 향해 고개를 돌린 채 천천히 길을 걸어왔다. 태양은 작은 산꼭대기에 자기 몸을 얹으려고 하는 것 같았다.

노부인은 그가 마당 앞에 올 때까지 자세를 바꾸지 않았다. 그러다가 한쪽 허리에 주먹을 댄 채 일어났다. 청색 모슬린 재질의 짧은 원피스를 입은 뚱뚱한 딸은 그를 보더니 벌떡 일어나 발을 구르고 손가락질을 하며 흥분한 소리를 냈다.

시프틀릿 씨는 마당 안에 살짝 들어와서 바닥에 연장 통을 내려놓고는 딸의 그런 행동이 아주 자연스럽다는 듯 모자를 살짝 기울여 인사했다. 그리고 노부인을 돌아보고 큰 동작으로 모자를 벗어 인사했다. 가운데 가르마를 탄 검은색의 매끄럽고 긴 머리는 양쪽 귀 뒤에 납작하게 달라붙어 있었다. 얼굴은 이마가 절반 이상이고, 눈 코 입은 튼튼한 돌출 턱 위쪽에 간신히 자리 잡고 있었다. 그는 젊어 보였지만, 인생을 꿰뚫어 본 듯한 허무의 기운을 띠고 있었다.

"안녕하시오." 노부인이 말했다. 부인은 나무 말뚝처럼 호리호리했고 머리에는 회색 남자 모자를 낮게 내려 쓰고 있었다.

떠돌이는 가만히 서서 부인을 바라볼 뿐 대답은 하지 않았다. 그러더니 노을을 향해 돌아서서 온전한 팔과 짧은 팔 양쪽을 모두 뻗어 하늘을 가리켜 자기 몸을 구부러진 십자가 같은 모양으로 만들었다. 부인은 태양의 주인은 자신이라는 듯 가슴 앞에 팔짱을 끼고 그를 바라보았고, 딸은 고개를 내밀고 뚱뚱한 두 손을 힘없이 늘어뜨린 채 그를 보았다. 딸은 붉은빛 도는 긴 금발 머리였고 눈은 공작의 목처럼 파랬다.

떠돌이는 그 자세를 거의 50초 동안 유지하더니 연장 통을 들고 현관 앞으로 와서 계단 밑에 내려놓았다. 그리고 비음이 섞였지만 흔들림 없는 목소리로 말했다. "사모님, 매일 저녁 저런 노을을 보는 곳에 살 수 있다면 저는 전 재산이라도 바치겠습니다."

"매일 저런 노을이 뜨지." 노부인이 말하고 뒤로 기대앉았다. 딸도 의자에 앉아서 가까이 다가온 새를 보듯 주의 깊게 그를 살폈다. 그는 한쪽으로 몸을 기

울이고 바지 주머니에서 껌 한 통을 꺼내더니 딸에게
껌 한 개를 건넸다. 딸은 그것을 받아 들어 포장을 벗
기고는 그를 바라보며 씹었다. 그는 노부인에게도 껌
을 주었지만 부인은 윗입술을 들어 올려 이가 없다는
것을 보여 주었다.

시프틀릿 씨의 날카로운 눈은 이미 마당의 모든 것
을 훑고—한쪽 모퉁이의 펌프, 닭 서너 마리가 잠을
자려고 올라앉은 큰 무화과나무—헛간으로 갔다. 녹
슨 자동차의 각진 뒷모습이 보였다. "두 분이 운전을
하시나요?" 그가 물었다.

"그 차는 멈춘 지 15년 됐어. 남편이 죽고 차도 멈췄
지." 노부인이 말했다.

"세상 모든 것이 변합니다. 세상은 거의 다 썩었어
요." 그가 말했다.

"그래, 맞아. 젊은이는 이 지역 사람인가?" 노부인
이 물었다.

"톰 T. 시프틀릿이라고 합니다." 그가 자동차 타이
어를 바라보며 말했다.

"만나서 반갑네." 노부인이 말했다. "내 이름은 루
시넬 크레이터고, 여기 내 딸 이름도 루시넬 크레이

터야. 여기는 어쩐 일로 오신 건가, 시프틀릿 씨?”

그는 자동차가 1928년 아니면 1929년식 포드라고 판정했다. “사모님.” 그가 말하고 돌아서서 부인을 주의 깊게 바라보았다. “한 가지 사실을 말씀드리죠. 애틀랜타의 의사들 가운데 칼을 들고 사람 심장을 도려내는—사람 심장을 도려내서 손에 들고,” 그는 몸을 굽히고 정말로 사람 심장을 들고 있는 듯 손바닥을 앞으로 내밀었다. “무슨 병아리처럼 연구하는 이가 있습니다.” 그가 말하고 의미심장한 분위기로 한참 동안 입을 다물었다. 그러는 사이 고개가 앞으로 나오고 진흙색 눈동자가 밝아졌다. “하지만 그 사람은 심장에 대해서 우리보다 아는 게 없습니다.”

“맞는 말이야.” 노부인이 말했다.

“칼을 들고 심장 구석구석을 잘라 봐도 우리보다 더 잘 알지 못해요. 제 말씀을 보증해 주시겠습니까?”

“아니, 그렇게는 하지 않겠어.” 노부인이 현명하게 말했다. “시프틀릿 씨는 어디 분이신가?”

그는 대답하지 않았다. 그 대신 주머니에서 담배 자루와 담배 종이를 꺼내 한 손으로 능숙하게 담배를 만 뒤 한쪽 끝을 윗입술에 댔다. 그리고 주머니에서 나무 성냥을 꺼내 구두에 대고 켰다. 그는 불이 위험할 만큼 가까이 타들어 올 때까지 신비의 불꽃을 연구하듯 성냥을 들고 있었다. 딸이 꽥꽥 소리를 지르며 그의 손을 향해 손가락을 흔들었고, 그는 불꽃이 손에 닿기 직전에 코에 불을 붙일 듯 고개를 숙이고 손으로 불꽃을 가린 채 담뱃불을 붙였다.

그런 뒤 그는 꺼진 성냥을 던지고 저녁 공기 속으로 잿빛 연기를 날렸다. 그의 얼굴에 교활한 표정이 떠올랐다. "사모님, 요즘 사람들은 어떤 일이든 합니다. 제 이름은 톰 T. 시프틀릿이고 제 출신지는 테네시주 타워터지만 사모님은 저를 처음 보십니다. 제 말이 거짓인지 아닌지 어떻게 아시겠습니까? 제가 조지아주 싱글베리 출신의 애런 스파크스인지, 앨라배마주 루시 출신의 조지 스피즈인지, 미시시피주 툴러폴스 출신의 톰슨 브라이트인지 아닌지 어떻게 아시겠습니까?"

"나는 젊은이에 대해 아무것도 몰라." 노부인이 짜증스럽게 말했다.

"사모님, 사람들은 거짓말을 신경 쓰지 않습니다. 제가 확실히 말씀드릴 수 있는 건 제가 남자라는 겁니다. 하지만 사모님." 그가 말을 멈추었다가 더욱 불길하고 차분한 어조로 덧붙였다. "남자가 뭡니까?"

노부인은 잇몸으로 씨를 씹다가 물었다. "그 주석통에는 뭐가 들었나, 시프틀릿 씨?"

"연장입니다. 저는 목수입니다." 그가 잠시 뜸을 들이고 말했다.

"젊은이가 여기서 일을 해 주면 숙식은 대 줄 수 있지만 돈은 줄 수 없어. 미리 말해 두지." 부인이 말했다.

답은 곧바로 오지 않았고 그의 얼굴에 이렇다 할 표정도 떠오르지 않았다. 그는 현관 지붕을 지탱하는 각목 기둥에 몸을 기대고 느릿하게 말했다. "사모님, 어떤 남자들에게는 돈보다 소중한 것이 있습니다." 노부인은 아무 말도 없이 몸을 흔들었고, 딸은 그의 목에서 오르락내리락하는 방아쇠를 바라보았다. 그는 이어 부인에게 대부분의 사람은 돈에만 관심이 있다며 남자가 무엇을 위해 사느냐고 물었다. 남자는 돈을 위해 삽니까 아니면 무엇을 위해 삽니까 하고 물었다. 그리고 사모님은 무엇을 위해 사시느냐고도 물었지만 부인은 대답하지 않았다. 그저 몸을 흔들며 외팔이 남자가 정자에 지붕을 달아 줄 수 있을까 하는 것만을 생각했다. 그는 많은 질문을 했지만 부인은 대답하지 않았다. 그는 자신이 스물여덟 살이고 많은 인생 경험을 했다고 말했다. 한때는 복음성가 가수였고, 철도 노동자로도 일하고, 장의사 조수로도 일했으며, 석 달 동안 엉클 로이가 이끄는 레드 크리크 랭글러스와 함께 라디오에도 출연했다고 했다. 조국의 군대에 들어가 피를 흘리며 싸웠고 외국도 안 가 본 데가 없으며 가는 곳마다 사람들이 세상에 신경 쓰지 않는 모습을 보았다고 했다. 하지만 자신은 그렇게 배우지 않았다고 했다.

노랗고 통통한 달이 닭들 곁에서 잠을 자려는 듯 무화과나무 가지 사이에 나타났다. 그는 남자는 세상을 제대로 보기 위해 시골에 가야 한다고, 자신은 매일 저녁 애초에 하느님이 설계하신 것과 같은 노을이 지는 이런 외딴곳에 살고 싶다고 말했다.

"결혼은 했나?" 노부인이 물었다.

오랜 침묵이 흐른 뒤 그가 말했다. "사모님, 요즘 어디서 정직한 여성을 찾을 수 있나요? 손만 뻗으면 집을 수 있는 쓰레기는 원하지 않습니다."

딸은 몸을 깊이 숙여 머리를 무릎 사이에 넣고 쏟아진 머리 사이에 생겨난 삼각형 틈새로 그를 보았다. 그러다가 바닥에 털썩 쓰러져서 훌쩍거렸다. 시프틀릿 씨가 딸을 일으켜서 다시 의자에 앉혔다.

"따님인가요?" 그가 물었다.

"무남독녀지." 노부인이 말했다. "세상에서 우리 애만큼 착한 애는 없어. 세상 무엇보다도 소중한 애야. 거기다 아주 똑똑해. 청소도 하고 요리도 하고 설거지도 하고 닭 모이도 주고 괭이질도 해. 보석을 한 상자 갖다 준대도 이 애하고 바꿀 수 없어."

"그럼요. 어떤 남자에게도 따님을 빼앗기지 마십시오." 그가 다정하게 말했다.

"우리 아이를 원하는 남자는 이 집에서 같이 살아야 해." 노부인이 말했다.

시프틀릿 씨의 눈은 어둠 속에서 반짝이는 자동차 범퍼에 가 있었다. 그러더니 그가 짧은 쪽 팔을 들어서 집과 마당과 펌프를 가리키는 듯한 동작을 하며 말했다. "사모님, 제가 외팔이일지 몰라도 이 농장의 부서진 물건 중 고치지 못할 것은 없습니다." 그가 침울한 위엄을 갖추고 말했다. "제가 온전치 않다 해도 저는 남자입니다." 그리고 손마디로 바닥을 두드려서 자신이 하는 말을 강조했다. "저는 도덕적 지성이 있습니다!" 그의 얼굴이 어둠을 벗어나 현관에서 비치는 불빛 속으로 들어갔고, 그 자신도 이런 불가능한 진실에 놀란 듯 부인을 바라보았다.

노부인은 그 말에 감동받지 않고 무덤덤하게 대꾸했다. "여기서 일하면 밥은 줄 수 있다고 이미 말했어. 차 안에서 자는 것도 괘넘치 않는다면."

"사모님, 지난날 수도사들은 관 속에서도 잤습니다!" 그가 기쁜 미소를 짓고 말했다.

"그때 세상은 지금 세상만큼 개명하지 않았으니까." 노부인이 말했다.

다음 날 아침 그는 정자 지붕을 수리하기 시작했고 딸 루시넬은 바위에 앉아서 그가 일하는 모습을 지켜보았다. 그 뒤로 일주일도 지나지 않아 그가 만드는 변화들이 눈에 확연히 드러났다. 그는 앞문과 뒷문 계단을 수선했고, 돼지우리를 새로 짓고, 울타리를 고치고, 귀가 멀어 평생 말이라곤 해 본 적 없는 루시넬에게 '새'라는 말을 가르쳤다. 장밋빛 얼굴의 뚱뚱한 처녀 루시넬은 어디나 그를 따라다니며 "스에에 스에에" 하고 박수를 쳤다. 노부인은 멀리서 그 모습을 지켜보며 은근히 흡족해했다. 사윗감을 탐내고 있었기 때문이다.

시프틀릿 씨는 좁고 딱딱한 자동차 뒷좌석에서 두 발을 창밖으로 내밀고 잤다. 상자에 면도기와 물통을 담아 협탁처럼 썼고, 뒤창에 거울을 세워 두었으며, 코트는 단정하게 옷걸이에 걸어 창문 한 곳에 걸어 두었다.

저녁이면 그는 현관 계단에 앉아 이야기를 했고, 노부인과 루시넬은 양옆의 흔들의자에 앉아 몸을 흔들었다. 노부인이 늘 바라보는 세 봉우리는 검푸른 하늘을 컴컴하게 등지고 섰고, 이따금 행성들이나 닭들 곁을 떠난 달이 그곳을 방문했다. 시프틀릿 씨는 자신이 이 농장을 보수하는 이유는 여기 개인적인 관심이 있어서라고 말했다. 그리고 자동차도 다시 달릴 수 있게 하겠다고 말했다.

그는 자동차 보닛을 열고 안의 구조를 살피더니 자동차를 제대로 만들던 시절에 만든 차라는 걸 알 수 있다고 했다. 오늘날에는 한 사람이 볼트 하나를 끼우고 다른 사람이 다른 볼트를 끼우고 또 다른 사람이 다른 하나를 끼워서 볼트 하나당 사람이 하나씩이라고 했다. 그래서 요새 자동차 값이 그렇게 비싼 겁니다. 그 사람들 품삯을 죄 줘야 하니까요. 한 사람 품삯만 줘도 된다면 차 값도 싸지고 일꾼도 자동차에 진짜 관심을 갖게 될 거라고, 그러면 차도 더 좋아질 거라고 했다. 노부인은 그렇다고 동의했다.

시프틀릿 씨는 이 세상의 문제는 사람들이 신경을 안 쓰거나 수고를 들이지 않아서라고 했다. 자신이 신경을 쓰지 않았다면, 또 오랜 수고를 들이지 않았다면 루시넬에게 말을 한 마디도 가르칠 수 없었을 것이라고 했다.

"다른 말도 가르쳐 봐." 노부인이 말했다.

"무슨 말을 가르치고 싶으신가요?" 시프틀릿 씨가 물었다.

노부인의 합죽이 미소는 은근했다. "'자기야'라는 말을 가르쳐 봐."

시프틀릿 씨는 진작부터 부인의 속마음을 알았다.

다음 날 그는 자동차를 손보기 시작했고, 그날 저녁 부인에게 팬 벨트만 사 오면 차를 달리게 할 수 있다고 말했다.

노부인은 돈을 주겠다고 하고 루시넬을 가리키며 말했다. "저기 우리 애 보이지?" 루시넬은 그에게서 30센티미터 정도 떨어진 바닥에 앉아서 그를 바라보고 있었다. 어둠 속에서도 두 눈이 파랗게 반짝였다. "어떤 남자가 저 애를 데려가려고 하면 나는 '이 세상 누구도 내게서 우리 예쁜 딸을 빼앗아 가지 못해!' 하고 말할 거야. 하지만 남자가 '사모님, 저는 따님을 데려가지 않겠습니다. 여기서 따님과 함께 살고 싶습니다' 하고 말하면, 나는 '자네를 나무랄 수 없군. 나라도 이 튼튼한 집에서 세상에서 가장 사랑스러운 여자하고 같이 살 기회를 저버리지 않을 테니까. 자네는 똑똑해' 하고 말하겠어."

"따님이 몇 살인가요?" 시프틀릿 씨가 가볍게 물었다.

"열다섯인가 열여섯인가 그래." 노부인이 말했다. 루시넬은 서른이 다 되었지만 너무도 천진해서 나이를 짐작하기 힘들었다.

"자동차에 페인트칠도 하는 게 좋을 것 같습니다. 녹이 슬어 삭으면 아까우니까요." 시프틀릿 씨가 말했다.

"그건 나중에 생각하세." 노부인이 말했다.

다음 날 그는 시내로 걸어가서 필요한 부품과 휘발유 한 통을 사 가지고 돌아왔다. 오후가 저물어 갈 무렵 헛간에서 굉음이 터져 나왔고, 노부인은 루시넬이 어디서 발작을 일으켰나 하고 집에서 달려 나왔다. 루시넬은 닭 상자에 앉아 발을 구르며 "스에에에! 스에에에!" 하고 비명을 질렀다. 하지만 그 법석도 자동차 소리에 묻혔다. 자동차는 소음을 뿜으며 헛간에서 당당하게 나왔다. 시프틀릿 씨는 운전석에 꼿꼿하게 앉아 있었다. 얼굴 표정은 지금 막 죽은 자를 일으키기라도 한 듯 진지하고 조심스러웠다.

그날 밤 노부인은 툇마루의 흔들의자에 앉아 몸을 흔들면서 즉시 계획을 작동시켰다. "자네는 순수한 여자가 좋지? 쓰레기 따위는 싫지?" 부인이 다정하게 물었다.

"그렇습니다." 시프틀릿 씨가 말했다.

"말을 못하는 여자는 말대꾸도 안 하고 욕도 안 해." 부인이 말했다. "자네한테는 바로 그런 여자가 필요해. 바로 저기." 그리고 부인은 의자에 책상다리로 앉아 두 손으로 두 발을 잡고 있는 루시넬을 가리켰다.

"맞습니다. 루시넬은 제게 어떤 괴로움도 끼치지 않을 겁니다." 그가 인정했다.

"토요일에 셋이 함께 자동차를 타고 시내에 나가서 결혼식을 올리세." 노부인이 말했다.

시프틀릿 씨는 계단에서 자세를 늦추었다.

"저는 당장은 결혼할 수 없습니다. 사모님이 원하시는 일에는 돈이 드는데 저는 돈이 없습니다." 그가 말했다.

"자네에게 돈이 무슨 필요야?" 부인이 물었다.

"돈이 필요합니다." 그가 말했다. "요즘은 모든 일을 아무렇게나 하는 사람들이 있습니다. 하지만 저는 아내에게 멋진 여행을 시켜 줄 수 있기 전에는 누구와도 결혼하지 않을 생각입니다. 호텔에 데리고 가서 좋은 음식을 대접하는 그런 것 말입니다. 저는 호텔에 데려가서 좋은 음식을 대접할 수 없다면 윈저 공작 부인하고도 결혼하지 않을 겁니다. 저는 그렇게 배우며 자랐기에 어쩔 수 없습니다. 제 어머니는 저를 그렇게 키우셨습니다."

"루시넬은 호텔이 뭔지도 몰라." 노부인이 웅얼거렸다. "이봐, 시프틀릿 군." 부인은 의자에 앉아서 몸을 앞으로 미끄러뜨렸다. "그러면 자네는 집이 생기고 깊은 우물도 생기고 세상에서 가장 순수한 여자도 생겨. 돈은 필요 없어. 한 가지 말한다면, 세상은 사고무친으로 떠도는 불구자에게 그렇게 만만하지 않아."

그 추악한 말은 말똥가리 무리가 나무 꼭대기에 내려앉듯 시프틀릿 씨의 머리에 내려앉았다. 그는 곧바로 대답하지 않았다. 그 대신 담배를 한 대 말아 불을 붙인 뒤 흔들림 없는 목소리로 말했다. "사모님, 남자는 정신과 육체 두 부분으로 나뉘어 있습니다."

노부인은 잇몸을 앙다물었다.

"정신과 육체요." 그가 다시 말했다. "육체는 집과 같습니다. 아무 데도 가지 않아요. 하지만 정신은 자동차와 같습니다. 언제나 움직입니다. 언제나……"

"시프틀릿 군." 부인이 말했다. "내 우물은 어떤 가뭄에도 마르지 않고 우리 집은 겨울에도 따뜻하고 저당도 없어. 법원에 가서 확인해 봐. 그리고 헛간에는 훌륭한 자동차가 있어." 부인은 신중하게 미끼를 놓았다. "토요일 전에 페인트를 칠하게 해 주지. 돈을 주겠어.”

어둠 속에서 시프틀릿 씨의 미소가 불가에서 깨어나는 지친 뱀처럼 몸을 폈다. 잠시 후 그가 정신을 차리고 말했다. “제 말은 그저 남자에게 정신은 다른 어떤 것보다 중요하다는 뜻입니다. 저는 비용 걱정 없이 아내와 주말여행을 갈 수 있어야 합니다. 저는 제 정신의 명령을 따라야 합니다.”

“주말여행에 15달러를 주겠어. 그게 내가 할 수 있는 최선이야.” 노부인이 뒤틀린 목소리로 말했다.

“그건 기름 값과 호텔비 정도밖에 되지 않습니다. 식사비는 안 돼요.” 그가 말했다.

“17달러 50센트. 그게 내가 가진 전부니까 더 이상 짜내려고 해 봐야 소용없어. 그 돈이면 점심을 먹을 수 있을 거야.” 노부인이 말했다.

시프틀릿 씨는 ‘짜낸다’는 말에 상처 받았다. 그는 부인이 매트리스 밑에 돈을 더 감추고 있다고 믿었지만, 어쨌건 이미 자신은 부인의 돈에 관심이 없다고 말했다. “그 정도면 될 것 같습니다.” 그는 그렇게 말하고 일어서서 더 이상의 협상 없이 자리를 떠났다.

토요일에 세 사람은 페인트도 채 마르지 않은 자동

차를 타고 시내로 나갔고 시프틀릿 씨와 루시넬은 노부인을 증인으로 세우고 지방법원에서 결혼했다. 법원을 나설 때 시프틀릿 씨는 목을 이리저리 비틀었다. 그리고 누구한테 붙들려 욕이라도 듣는 듯 침울하고 불만스러운 표정으로 말했다. "저는 여기 만족하지 못해요. 그저 사무적인 서류 작성과 피검사뿐이죠. 그 사람들이 내 피에 대해 뭘 알아요? 설령 내 심장을 도려내서 들여다본다고 해도 나에 대해 아무것도 몰라요. 저는 절대 여기 만족하지 못해요."

"법은 거기 만족해." 노부인이 날카롭게 말했다.

"법이라고요. 법은 저를 만족시키지 못합니다." 시프틀릿 씨가 말하고 침을 뱉었다.

그는 차를 진녹색으로 칠하고 창문 아래쪽에 노란 띠를 둘렀다. 세 사람이 앞 좌석에 타자 노부인이 말했다. "우리 루시넬이 예쁘지 않아? 아기 인형 같아." 루시넬은 어머니가 트렁크에서 찾아낸 흰 드레스를 입었고, 머리에는 빨간 나무 버찌를 꽂은 파나마모자를 썼다. 이따금 노부인의 평온한 표정에 교활한 생각이 사막의 새싹처럼 빠르게 떠올랐다 사라졌다. "자네는 횡재했어!" 그녀가 말했다.

시프틀릿 씨는 부인을 보지도 않았다.

그들이 집에 도착하자 노부인이 들어가서 도시락을 가지고 나왔다. 그들이 떠나려고 할 때 부인은 자동차 유리창 가장자리를 움켜쥐고 안을 들여다보았다. 눈물이 나와서 더러운 주름살을 타고 흘러내렸다. "이때껏 이 아이랑 이틀도 떨어져 본 적이 없는데."

시프틀릿 씨는 차에 시동을 걸었다.

"나는 자네가 아니라면 누구에게도 딸을 주지 않았을 거야. 하지만 나는 자네 행동거지가 제대로 된 것을 보았어. 잘 가, 아가야." 부인은 흰 드레스 소매를 붙들고 말했다. 루시넬은 부인을 똑바로 보면서도 전혀 보지 못하는 것 같았다. 시프틀릿 씨가 차를 움직였고, 부인은 손을 떼었다.

이른 오후는 맑고 넓고 하늘은 푸르렀다. 자동차의 속도는 시속 50킬로미터에 그쳤지만, 시프틀릿 씨는 차가 오르막길과 내리막길과 굽잇길을 눈부시게 달린다는 상상으로 오전의 괴로움을 잊으려고 했다. 그는 오래전부터 자동차를 원했지만 전에는 형편이 되지 않았다. 그는 늦어도 해 질 녘에는 모빌에 도착하고 싶었기 때문에 속도를 올렸다.

그는 이따금 생각을 멈추고 옆자리의 루시넬을 바라보았다. 루시넬은 차가 집 마당을 벗어나자마자 도시락을 먹었고, 이제는 모자의 버찌를 하나하나 떼어서 창밖으로 던졌다. 그는 자동차가 있는데도 우울해졌다. 160킬로미터 정도를 갔을 때 그는 루시넬이 다시 배가 고파졌을 거라고 생각하고, 인근 소도시에서 은색 칠을 한 핫스팟이라는 식당 앞에 차를 세우고 햄과 오트밀을 주문해 주었다. 그녀는 자동차 여행에 피곤해져서 식당의 높은 스툴 의자에 앉자마자 고개를 카운터에 얹고 눈을 감았다. 핫스팟에는 시프틀릿 씨와 카운터 안쪽에 서 있는 창백한 청년뿐이었다. 청년은 어깨에 기름 헝겊을 두르고 있었다. 청년이 음식을 내기도 전에 루시넬은 부드럽게 코를 골았다.

"여자분이 잠에서 깨면 음식을 주세요. 돈은 지금 드리죠." 시프틀릿 씨가 말했다.

청년은 고개를 숙이고 루시넬의 붉은빛 도는 금발 머리와 반쯤 감은 눈을 들여다보았다. 그러더니 고개를 들어 시프틀릿 씨를 보고 말했다. "하느님의 천사 같네요."

"히치하이커예요. 깨어날 때까지 기다릴 수가 없네

요. 터스컬루사까지 가야 하거든요." 시프틀릿 씨가
말했다.

청년은 다시 고개를 숙여 손가락으로 그녀의 금빛
머리를 살살 만졌고 시프틀릿 씨는 떠났다.

혼자 가는 자동차 길은 전보다 더욱 우울했다. 오
후가 저물어 가며 날이 무더워졌고 시골길은 평탄하
게 펼쳐졌다. 하늘 저 멀리서 폭풍이 천둥도 없이 천
천히 일어나면서 폭발하기 직전에 지상의 모든 공기
를 다 빨아들이려는 것 같았다. 시프틀릿 씨는 이따금
동승객이 있으면 좋겠다는 생각이 들었다. 거기다 자
동차가 있는 사람은 다른 사람들을 도와야 한다고도
느껴서 혹시 히치하이커가 있을지 계속 길을 살폈다.
이따금 경고 표지판이 지나갔다. "안전 운전. 당신이
지키는 것은 어쩌면 당신의 생명."

좁은 도로 양옆은 메마른 들판이었고, 여기저기 빈
터에 오두막이나 주유소가 있었다. 앞쪽에서 해가 지
기 시작했다. 앞창 밖으로 지나가는 태양은 위아래가
살짝 눌린 빨간 구체였다. 도로변에 작업복을 입고
회색 모자를 쓴 청년이 보여서 그는 그 옆에 차를 세
웠다. 청년은 손을 들어 차를 세워 달라는 표시도 하

지 않고 그냥 가만히 서 있었을 뿐이지만, 작은 여행 가방이 있었고 모자를 쓴 품이 어딘가를 영원히 떠나는 것 같았다. "히치하이크를 원하는 것 같아서." 시프틀릿 씨가 말했다.

청년은 그렇다는 말도 그렇지 않다는 말도 없이 자동차 문을 열고 안에 탔고 시프틀릿 씨는 출발했다. 청년은 가방을 무릎에 놓고 그 위로 팔짱을 꼈다. 그리고 고개를 돌려 시프틀릿 씨 반대 방향을 바라보았다. 시프틀릿 씨는 무언가 답답했다. 그가 잠시 후에 말했다. "친구, 우리 어머니가 세계에서 가장 좋은 어머니니까 자네 어머니는 세계에서 두 번째로 좋은 어머니일 것 같군."

청년은 그에게 어두운 눈길을 던지더니 곧 다시 창밖을 바라보았다.

"아들한테 어머니만큼 좋은 게 없지." 시프틀릿 씨가 말을 이었다. "어린 시절에 기도를 가르쳐 주고 아무도 나를 사랑하지 않을 때 사랑을 주고, 옳고 그른 것을 가르치고, 아들이 올바로 살게 하니까. 친구, 내 인생에서 어머니를 떠난 그날만큼 서글픈 날이 없었어."

청년은 좌석에 앉은 채 몸을 움직였지만 시프틀릿 씨를 보지는 않았다. 그리고 팔짱을 풀어 한 손을 문 손잡이에 얹었다.

"우리 어머니는 하느님의 천사였어." 시프틀릿 씨가 조여드는 듯한 목소리로 말했다. "하느님이 어머니를 천국에서 보내 주셨는데, 내가 어머니 곁을 떠났지." 그의 눈이 눈물로 흐려졌다. 차는 거의 움직이지 않았다.

청년은 성난 얼굴로 그를 돌아보며 소리쳤다. "빌어먹을! 우리 어머니는 똥개고 당신 어머니는 스컹크야!" 그러더니 문을 홀렁 열어 여행 가방을 들고 배수로로 뛰어내렸다.

시프틀릿 씨는 너무 놀라서 30미터 정도를 계속 문을 연 채로 갔다. 청년의 모자와 색깔이 같고 순무처럼 생긴 구름이 태양 앞으로 내려왔고, 그보다 더 괴상한 모양의 다른 구름이 자동차 뒤로 기어왔다. 시프틀릿 씨는 더러운 세상이 자신을 집어삼키려 한다고 느꼈다. 그는 팔을 들었다가 가슴에 털썩 떨어뜨리고 기도했다. "오 하느님! 폭우를 퍼부어서 지상의 모든 더러움을 씻어 주소서!"

순무는 천천히 내려왔다. 몇 분 후 뒤에서 요란한 천둥소리가 울리며 굵은 빗방울이 자동차 뒤쪽을 주석 깡통처럼 두드렸다. 그는 얼른 액셀러레이터를 밟고 짧은 팔을 창밖으로 내밀고는 질주하는 소나기와 경주를 하며 모빌로 달려갔다.

# 질름발이가 먼저 올 것이다

The Lame Shall Enter First

I

　셰퍼드는 부엌을 반으로 가르는 바 식탁의 높은 의자에 앉아서 개별 포장 상자에 든 시리얼을 먹었다. 그는 기계적으로 먹었고, 시선은 부엌의 수납 칸들을 뒤지며 먹을거리를 찾는 아이에게 향해 있었다. 아이는 열 살짜리 뚱뚱한 금발 소년이었다. 셰퍼드는 진한 파란색 눈동자를 아이에게서 거두지 않았다. 아이의 미래는 얼굴에 적혀 있었다. 아이는 은행가가 될 것이다. 아니 더 나쁘다. 작은 대부 회사를 운영할 것이다. 그가 아이에게 원하는 것은 착하고 이타적인 사람이 되는 것뿐이었지만 어느 쪽도 가능성이 희박했다. 셰퍼드는 아직 젊은데도 머리는 벌써 백발이었다. 머리카락은 그의 예민한 분홍색 얼굴 위로 가는 솔처럼 일어서 있었다.

아이는 땅콩버터를 겨드랑이에 낀 채 한 손에는 초콜릿 케이크 4분의 1 조각을 담은 접시를, 다른 손에는 케첩을 들고 바 식탁으로 왔다. 아이는 아버지를 알아보지 못한 것 같았다. 아이는 의자에 앉아 케이크에 땅콩버터를 발랐다. 크고 둥근 귀가 밖으로 벌어져서 아이의 두 눈을 옆으로 지나치게 당기는 것 같았다. 셔츠는 녹색이지만 색이 너무 바래서 가슴팍의 돌진하는 카우보이 그림은 그저 그림자 정도로밖에 보이지 않았다.

"노턴, 어제 루퍼스 존슨을 봤다. 그 애가 뭘 했는지 아니?" 셰퍼드가 물었다.

아이는 어정쩡하게 그를 보았다. 눈길은 그를 향했지만, 관심은 거기 없었다. 두 눈은 파란색이지만 셔츠처럼 색이 바랜 듯 아버지보다 연한 빛이었다. 한쪽 눈은 아주 살짝 밖으로 기울어져 있었다.

"골목에서 봤어." 셰퍼드가 말했다. "쓰레기통을 뒤지고 있더구나. 먹을 것을 찾고 있었어." 그리고 아이가 그 말을 제대로 알아듣도록 잠시 멈추었다가 다시 말했다. "배가 고팠던 거야." 그런 뒤 시선으로 아이의 양심을 꿰뚫을 듯 아이를 노려보았다.

아이는 초콜릿 케이크를 집어 들고 구석부터 갉아 먹었다.

"노턴, 너는 나눈다는 게 무슨 뜻인지 아니?" 셰퍼드가 물었다.

노턴이 반짝 관심을 보이며 말했다. "아빠한테도 드려야 하는 거요."

"그 애한테도 주는 거야." 셰퍼드가 무겁게 말했다. 소용없었다. 이기심에 비하면 다른 어떤 결함도 괜찮을 것이다. 화를 잘 내는 성미도, 심지어 거짓말하는 버릇도.

아이는 케첩 병을 뒤집어서 케이크 위에 대고 탁탁 두드려 짜내기 시작했다.

셰퍼드는 더욱 고통스러운 표정이 되었다. "너는 열 살이고 루퍼스 존슨은 열네 살이야. 하지만 네 셔츠가 루퍼스에게 맞을 것 같다." 루퍼스 존슨은 소년원에서 1년을 보내고 두 달 전에 출소한 소년이었다.

"소년원에 있을 때는 괜찮아 보였는데 어제 보니 뼈만 앙상했어. 아침마다 땅콩버터를 바른 케이크를 먹지는 못했을 테니까."

아이는 멈추고 말했다. "이거 맛이 좀 갔어요. 그래서 딴 걸 발라 먹는 거예요."

셰퍼드는 얼굴을 식탁 끝의 창문으로 돌렸다. 집 옆쪽 푸른 잔디밭은 15미터 정도 평탄하게 내려가서 작은 교외 숲으로 이어졌다. 아내가 살아 있을 때 그들은 아침에도 자주 그 풀밭에 나가서 식사를 했다. 그때는 아이가 이렇게 이기적인지 몰랐다. "내 말 들어. 나를 보고 내 말을 들어." 그가 다시 아이를 바라보며 말했다.

아이는 그를 바라보았다. 적어도 아이의 눈은 그를 향해 있었다.

"루퍼스가 소년원을 출소할 때 나는 그 애한테 이 집 열쇠를 주었어. 그 아이에 대한 내 믿음을 보여 주고, 그 애가 아무 때라도 우리 집에 와서 편하게 지낼 수 있도록. 아직까지 루퍼스가 그 열쇠를 사용하진 않았지만 곧 쓰게 될 것 같아. 그 애는 나를 봤고, 또 배를 곯고 있으니까. 그리고 그 애가 열쇠를 쓰지 않으면 내가 그 애를 찾아서 데리고 올 거야. 어린애가 쓰레기통에서 먹을 것을 뒤지는 일을 가만두고 볼 수는 없어."

아이는 인상을 썼다. 자기 생활이 위험에 놓였다는 생각이 들었다.

셰퍼드는 입술을 당겨 불쾌함을 표시하고 말했다. "루퍼스의 아버지는 그 애가 태어나기도 전에 돌아가셨어. 그리고 엄마는 주립 교도소에 있어. 그 애는 할아버지하고 같이 물도 전기도 없는 판잣집에서 살았고, 할아버지는 날마다 그 애를 때렸어. 네가 그런 집에 태어났다면 어땠겠니?"

"몰라요." 아이가 멍청하게 대답했다.

"생각을 좀 해 봐라." 셰퍼드가 말했다.

셰퍼드는 시청 소속 레크리에이션 지도사였다. 토요일마다 소년원에서 카운슬러 일을 했는데, 보수는 없지만 모두가 외면하는 소년들을 돌본다는 자부심을 얻었다. 존슨은 거기서 만난 소년들 가운데 가장 똑똑하고도 가장 불운한 소년이었다.

노턴은 남은 케이크를 더 먹고 싶지 않은 듯 뒤집었다.

"그 형은 아마 안 올 거예요." 아이가 말하고 두 눈에 살짝 밝은 빛을 띠었다.

"그 애는 못 가졌는데 네가 가진 것들을 생각해 봐!" 셰퍼드가 말했다. "네가 쓰레기통에서 먹을 것을 찾는다고 생각해 봐. 한쪽 발이 퉁퉁 부어 있고, 길을 걸을 때 몸 한쪽이 기운다면?"

아이는 그런 일을 상상할 수 없다는 듯 멍한 표정이었다.

"너는 건강하고 좋은 집이 있어." 셰퍼드가 말했다. "그리고 진실만을 배우며 자랐어. 네 아빠는 네가 필요한 것을 다 대 주고 있어. 할아버지가 너를 때리지도 않고, 엄마가 교도소에 있지도 않아."

아이는 접시를 옆으로 밀었다. 셰퍼드는 끙 소리를 냈다.

아이의 입이 갑자기 일그러지면서 아래쪽 살이 혹처럼 불거져 올랐다. 아이는 작은 눈구멍만 빼고 얼굴 전체가 울퉁불퉁해졌다. "엄마가 교도소에 있다면 어쨌든 엄마를 보러 갈 수 있겠죠." 아이가 고함치듯 말했다. 눈물이 얼굴에 흘러내리고 케첩이 뺨 위에 방울졌다. 아이는 입을 얻어맞은 것 같은 표정이 되어 자제력을 잃고 엉엉 울었다.

셰퍼드는 무력하고 비참한 기분에 싸였다. 강력한 자연력이 그를 강타한 것 같았다. 이것은 평범한 슬픔이 아니라 아이의 이기심의 일부였다. 아내가 죽은 지 이제 1년도 더 지났고 아이의 슬픔이 그렇게 오래 갈 수 없었다. "너는 이제 곧 열한 살이 돼." 그가 꾸짖는 목소리로 말했다.

아이는 높은 소리로 고통스럽게 꺽꺽거렸다.

"네가 네 생각을 그만하고 다른 사람을 위해 무얼 할 수 있는지를 생각한다면 네 엄마 생각도 그만하게 될 거야." 셰퍼드가 말했다.

아이는 조용해졌지만 어깨는 계속 들썩거렸다. 그러더니 다시 얼굴이 일그러지면서 새롭게 울부짖었다.

"네 엄마가 없어서 나도 외로운 건 모르니?" 셰퍼드가 말했다. "나도 네 엄마가 그리운 건 모르니? 나도 힘들지만 그렇게 엉엉 울며 슬퍼하지 않아. 바쁘게 다른 사람들을 돕고 있지. 내가 내 문제만 생각하고 있는 걸 본 적 있니?”

아이는 지친 듯 몸을 웅크렸지만, 새로운 눈물이 다시 얼굴을 적셨다.

“오늘은 뭘 할 거니?” 셰퍼드가 아이 생각을 다른 데로 옮기려고 물었다.

아이는 팔로 눈물을 닦고 중얼중얼 말했다. “씨앗을 팔아요.”

저 애는 늘 무언가를 팔아. 그동안 아이가 모은 5센트, 10센트 동전이 1리터 병 네 개에 가득했고, 아이는 며칠에 한 번씩 그것을 벽장에서 꺼내 세었다. “왜 씨앗을 파니?”

“상을 타려고요.”

“상이 뭔데?”

“천 달러요.”

“천 달러를 받으면 뭘 할 건데?”

“간직하죠.” 아이가 말하고 한쪽 어깨에 코를 닦았다.

“그래, 그럴 것 같다.” 셰퍼드가 말하고, 부탁하는 듯 나직한 목소리로 다시 말했다. “네가 천 달러를 받았다고 하자. 그걸 너만 한 행운을 얻지 못한 아이들에게 쓰는 건 어떻겠니? 고아원에 그네와 공중그네 같은 걸 선물해 주는 게 어떻겠니? 불쌍한 루퍼스 존슨에게 새 신발을 사 주는 건 어떻겠니?"

아이는 식탁에서 물러섰다. 그러더니 갑자기 고개를 숙이고 접시 위에 입을 벌렸다. 셰퍼드는 다시 끙 소리를 냈다. 아이는 모든 것을 토했다. 케이크, 땅콩버터, 케첩이 달큼한 곤죽이 되어 쏟아졌다. 아이는 우욱거리며 접시에 음식을 토했고, 이제 심장이 나올 거라고 예상하는 듯 입을 벌리고 기다렸다.

"괜찮아. 어쩔 수 없는 일이지. 입을 닦고 누워 있어라." 셰퍼드가 말했다.

아이는 잠시 그 상태로 가만있었다. 그런 뒤 고개를 들고 멍한 얼굴로 아버지를 보았다.

"다 토하고 누워서 쉬어." 셰퍼드가 말했다.

아이는 티셔츠 앞자락으로 입을 문질렀다. 그런 뒤 의자에서 내려가 부엌을 나갔다.

셰퍼드는 소화되다 만 뭉클거리는 덩어리를 바라보았다. 그리고 시큼한 냄새에 뒤로 움찔했다. 그의 식도도 일어날 것 같았다. 그는 접시를 싱크대로 가지고 가서 물을 틀고 물에 씻겨 내려가는 오물을 우울하게 바라보았다. 존슨의 여위고 불쌍한 손이 먹을 것을 찾아 쓰레기통을 뒤지는 동안 이기적이고 둔감하고 탐욕스러운 자기 아이는 음식을 토할 지경으로 먹었다. 그는 주먹을 내려쳐서 거칠게 수도꼭지를 잠갔다. 존슨은 예민한 반응 능력이 있지만 태어날 때부터 모든 걸 박탈당했다. 노턴은 평균 또는 그 이하였지만 모든 이점을 가졌다.

그는 식탁으로 돌아가 식사를 마쳤다. 종이 상자 속 시리얼은 뭉클뭉클해져 있었지만 자신이 먹는 것에 신경을 쓰지 않았다. 존슨은 관심을 기울일 만한 아이였다. 잠재력이 있었기 때문이다. 그는 아이가 절뚝거리며 첫 면담에 왔을 때부터 그것을 알았다.

소년원에서 셰퍼드가 일하는 공간은 창문이 하나뿐인 작은 방이었고, 작은 탁자 하나와 의자 두 개가 있었다. 그는 고해소에 들어가 본 적은 없지만, 자신이 여기서 하는 것도 그와 똑같은 종류일 거라고 생각했다. 차이점이라면 자신은 죄를 사하지 않고 설명해 준다는 것뿐이었다. 그는 신부들보다 자격이 확실했다. 그런 일을 위해 교육을 받았기 때문이다.

존슨이 첫 면담에 왔을 때 그는 아이의 기록을 읽고

있었다. 무차별 파손 행위, 유리창 깨기, 공중 쓰레기통 방화, 타이어 펑크—이 아이처럼 시골에서 갑자기 도시로 오게 된 아이들이 흔히 저지르는 일이었다. 그는 존슨의 아이큐를 보았다. 140이었다. 그는 고개를 들고 기대에 찬 눈빛으로 아이를 바라보았다.

소년은 의자에 힘없이 걸터앉아 허벅지 사이에 팔을 늘어뜨리고 있었다. 창문으로 들어온 빛이 소년의 얼굴에 떨어졌다. 고요한 회색 눈은 흔들리지 않고 앞쪽을 바라보았다. 이마 옆에 늘어진 검고 성근 머리는 어린 소년의 헝클어진 머리가 아니라 노인의 성난 머리 같았다. 그 얼굴에는 강렬한 지성 같은 것이 뚜렷이 보였다.

셰퍼드는 두 사람 사이의 거리를 좁히기 위해 미소를 지었다.

소년의 표정은 누그러들지 않았다. 소년은 뒤로 기대앉아 기괴하게 뒤틀린 내반족*을 무릎에 얹었다. 검은색의 무겁고 낡은 신발을 신고 있었는데 뒷굽이 10센티미터가 넘는 것 같았다. 가죽과 굽이 만나는

* 발바닥이 안쪽을 향한 위치에서 굳어 버린 상태.

부분 일부가 뜯어져서 그곳으로 속이 빈 양말 끝이 잘린 머리의 혀처럼 튀어나왔다. 셰퍼드는 소년의 사례를 즉시 파악했다. 그의 비행은 발에 대한 보상이었다.

"루퍼스, 기록을 보니 여기서 1년만 지내면 되더구나. 나가면 어떻게 할 계획이니?"

"계획 같은 거 없어요." 소년이 말했다. 그의 눈은 셰퍼드를 무심히 지나쳐서 창밖 먼 곳을 바라보았다.

"계획을 하는 게 좋을 거야." 셰퍼드가 말하고 웃었다.

존슨은 계속 바깥만 바라보았다.

"나는 네가 네 좋은 머리를 활용하는 걸 보고 싶어." 셰퍼드가 말했다. "너한테 가장 중요한 게 뭐니? 너한테 중요한 걸 이야기해 보자." 그의 눈이 자기도 모르게 소년의 발로 떨어졌다.

"보고 싶으면 실컷 보세요." 소년이 느린 목소리로 말했다.

셰퍼드는 얼굴이 빨개졌다. 검은 기형의 발이 눈앞에서 부풀어 오르는 것처럼 보였다. 그는 그 말도 또 소년의 조롱도 무시하고 말했다. "루퍼스, 너는 여러 가지 문제를 일으켰지만 네가 왜 이런 일을 하는지 스스로 이해하면 그런 일을 하고 싶은 생각이 줄어들 거라고 봐." 그가 미소를 보였다. 이런 아이들은 친구도 없고 다정하게 대해 주는 사람도 없어서, 셰퍼드가 갖는 힘의 절반은 그저 미소를 지어 주는 데서 왔다. "너의 많은 일들을 내가 차근차근 설명해 줄 수 있을 것 같다."

존슨은 그를 차갑게 보면서 대꾸했다. "저는 아무 설명 필요 없어요. 제가 왜 그런 일을 하는지 이미 잘 알아요."

"그래 좋구나! 무엇 때문에 그런 일을 하는지 말해 주겠니?" 셰퍼드가 물었다.

소년이 눈에 검은 광채를 번득이며 말했다. "악마가 시켜요. 악마가 저를 사로잡고 있어요."

셰퍼드는 소년을 가만히 보았다. 소년의 얼굴은 농담을 하는 기미가 전혀 없었다. 얇은 입술에는 자부심이 서려 있었다. 셰퍼드의 눈이 어두워졌다. 그는 너무 오래전에 생겨서 이제 새삼 고칠 수 없는 자연의 강력한 뒤틀림에 맞닥뜨린 듯 순간적으로 둔한 절망을 느꼈다. 이 소년이 인생에 대해 질문을 했을 때 거기 대답을 해 준 것은 길거리에 걸린 광고판들이었다. '악마에게 사로잡혀 있나요? 회개하지 않으면 지옥 불에 떨어집니다. 예수님은 당신의 구원자십니다.' 소년이 성경을 읽었건 안 읽었건 그 내용은 알고 있을 것이다. 그의 답답함은 분노로 이어졌다. "그게 무슨 헛소리니! 우리는 우주 시대에 살고 있어! 그건 너 같이 똑똑한 애가 할 만한 대답이 아니야."

존슨의 입술이 살짝 뒤틀렸다. 그 표정에는 경멸과 흥미로움이 동시에 어렸다. 비난의 빛도 있었다.

셰퍼드는 소년의 표정을 살폈다. 머리가 좋은 아이는 무슨 일이든 가능했다. 그는 다시 미소를 보였다. 창문이 활짝 열려 햇빛이 쏟아져 들어오는 교실로 소년을 부르는 것 같은 미소였다. 그가 말했다. "루퍼스, 내가 일주일에 한 번씩 너를 만나도록 계획을 짜 보마. 네가 왜 그런 생각을 하는지를 설명해 줄 수 있을지도 몰라. 그러니까 그 악마가 무엇인지를 말이야."

그 뒤로 그는 연말까지 토요일마다 존슨을 만났다. 그는 체계 없이 이야기를 했지만 그것은 소년이 평생 한 번도 들어 본 적 없을 이야기들이었다. 그는 기초 심리학과 인간 정신의 오묘한 작용에서 시작해서 천

문학으로 옮아가, 소리보다 빠른 속도로 지구를 돌고 곧 별들 틈으로 나아갈 우주 캡슐까지 이야기했다. 그는 직감적으로 별에 집중했다. 소년이 동네 주민들의 물건이 아닌 다른 것에 마음을 쓰게 하고 싶었다. 소년의 지평을 넓혀 주고 싶었다. 소년이 우주를 보기를, 우리가 우주의 가장 어두운 부분도 볼 수 있다는 것을 알기를 바랐다. 그는 무슨 수를 써서라도 존슨의 손에 망원경을 쥐여 주고 싶었다.

존슨은 말이 별로 없었지만, 그나마 한 말들은 자존심을 지키려고 무조건 반대하거나 분별없이 반박하는 것들이었다. 그럴 때면 소년은 내반족을 금세 집어 들어 쓸 수 있는 무기처럼 무릎에 올려놓았는데, 셰퍼드는 거기 속지 않았다. 그는 소년의 눈을 보았고 매주 그 안의 무언가가 조금씩 부서지는 것을 보았다. 아이의 얼굴은 딱딱했지만 흔들렸고, 자신을 괴롭히는 빛에 애써 버티고 있었다. 그 모습을 보고 셰퍼드는 자신이 핵심을 찌르고 있다는 것을 알았다.

그런데 존슨은 이제 풀려나서 쓰레기통을 뒤지며 지난날의 무지로 돌아가고 있었다. 이 상황의 부당함이 그를 분노하게 했다. 사람들은 소년을 도로 할아버지에게 보냈다. 노인의 어리석음은 그저 상상만 해 볼 수 있을 뿐이었다. 아이는 그 집에서 달아났을 것이다. 전에도 자신이 존슨의 보호자가 되는 건 어떨까 하는 생각을 해 보았지만 할아버지가 걸림돌이었다. 그런 소년을 위해 무엇을 해 줄 수 있을까를 생각하면 그는 마음이 들떴다. 먼저 소년에게 기능성 신발을 맞추어 줄 것이다. 소년은 걸음을 걸을 때마다 등이 휘어졌다. 그런 뒤 소년이 특별한 분야에 지적 흥미를 품도록 권유할 것이다. 그는 망원경을 떠올렸다. 중고품을 살 수 있을 테고, 그것을 다락방 창문에 설치할 수 있을 것이다. 그는 존슨과 함께 살게 되면 자신이 무얼 할 수 있을지를 10분 가까이 생각했다. 노턴에게는 소용없었던 가르침이 존슨을 피어나게 할 것이다. 어제 쓰레기통에 손을 넣은 소년을 보았을 때 그는 손을 흔들며 다가갔다. 존슨은 그를 보더니 잠깐 머뭇거리다가 생쥐처럼 달아났지만, 셰퍼드는 소년의 표정이 바뀌는 것을 놓치지 않았다. 소년의 눈에서 무언가 반짝였다고, 그것은 잃어버린 빛의 기억이었다고 그는 확신했다.

그는 일어나서 시리얼 상자를 쓰레기통에 버렸다.

집을 나서기 전에 노턴이 괜찮아졌는지 보려고 아이 방에 들렀다. 아이는 침대에 책상다리로 앉아서 병에 모은 동전을 모두 쏟아 모아 놓고 5센트, 10센트, 25센트 동전을 따로 분류하고 있었다.

그날 오후에 노턴은 집에 혼자 있었고, 방바닥에 쪼그리고 앉아 꽃씨 봉지들을 정렬했다. 비가 유리창을 두드리고 배수관을 덜그럭거리며 내려갔다. 방은 어두워졌지만 몇 분에 한 번씩 조용한 번개가 번쩍 불을 밝혔고, 방바닥의 씨앗 봉지들은 유쾌해 보였다. 아이는 이 장래의 정원 한가운데 큼직한 개구리처럼 조용히 앉아 있었다. 갑자기 아이의 눈이 총기를 띠었다. 비가 그쳐 있었다. 장대비가 억지로 침묵을 강요당한 듯 무거운 정적이 흘렀다. 그는 움직이지 않았고 눈동자만이 돌아갔다.

정적 속에 현관 자물쇠에 열쇠 돌아가는 소리가 또렷하게 들렸다. 그 소리는 아주 고의적이었다. 소리를 일으키는 게 손이 아니라 정신인 것처럼 관심을 자신에게 끌고 그것을 붙들어 두는 소리였다. 아이는 일어나서 벽장 안으로 들어갔다.

발소리가 복도를 걸어왔다. 그것은 고의적이고 불규칙했다. 가벼운 소리와 무거운 소리, 거기에 중간에 멈추어서 귀를 기울이거나 무언가를 살피는 듯한 정적이 섞였다. 잠시 후 부엌문이 끼익 열리고, 발소리가 냉장고 앞으로 갔다. 벽장 벽 뒤쪽이 바로 부엌이었다. 노턴은 벽에 귀를 대고 서 있었다. 냉장고 문이 열렸다. 그리고 긴 정적이 이어졌다.

그는 신발을 벗고 깨금발로 벽장을 나와서 씨앗 봉지를 넘어갔다. 그러다가 방 가운데 우뚝 멈춰 섰다. 비에 젖은 검은 옷을 입은 여윈 소년이 문 앞에 서서 아이를 가로막고 있었다. 소년의 머리칼은 젖어서 머리에 납작 달라붙어 있었다. 소년은 비에 젖은 성난 까마귀 같았다. 그의 표정이 핀처럼 아이를 꿰뚫고 지나갔고, 아이는 마비되었다. 그런 뒤 소년은 방 안에 있는 것들을 훑었다. 흐트러진 침대, 커다란 창문에 걸린 더러운 커튼, 어지러운 옷장 꼭대기에 놓인 얼굴이 넓적한 젊은 여자의 사진.

아이의 혀가 갑자기 풀렸다. "아빠가 형을 기다렸어. 형한테 새 신발을 사 주고 싶대. 형이 쓰레기통을 뒤져 먹어서!" 아이는 쥐가 찍찍거리는 것 같은 소리로 말했다.

"내가 쓰레기통을 뒤져 먹는 건 그게 좋아서야, 알아?" 소년이 아이를 빤히 바라보며 천천히 말했다.

아이는 고개를 끄덕였다.

"그리고 나도 신발 구할 수 있어. 알아?"

아이는 멍하니 고개를 끄덕였다.

소년은 절뚝이며 들어와서 침대에 앉았다. 그런 뒤 등 뒤에 베개를 대고 짧은 쪽 다리를 앞으로 뺀자, 크고 검은 구두가 시트 위에 두드러졌다.

노턴의 눈이 거기 닿아서 움직이지 않았다. 뒷굽이 벽돌만큼 두꺼웠다.

존슨은 발을 살짝 꼼지락거리고 웃었다. "내가 이걸로 한 번 뻥 차면 아무도 나를 귀찮게 굴지 않아."

아이는 고개를 끄덕였다.

"부엌에 가서 호밀 빵이랑 햄으로 샌드위치를 만들어 와. 그리고 우유도 한 잔 가지고 와." 존슨이 말했다.

노턴은 기계장치 장난감처럼 명령받은 방향으로 갔다. 그리고 햄이 옆으로 튀어나온 크고 기름진 샌드위치를 만들고 유리잔에 우유를 따라 양손에 하나씩 들고 돌아왔다.

존슨은 베개에 위엄 있게 기대앉아 있었다. "고마워, 웨이터." 소년이 말하고 샌드위치를 받아 들었다.

노턴은 우유 잔을 들고 침대 옆에 서 있었다.

소년은 샌드위치를 천천히 씹어 먹었다. 그런 뒤 우유를 받아 들고 아이처럼 두 손으로 들고 마셨다. 중간에 숨을 쉬려고 잔을 내렸을 때 입 가장자리에 우유 자국이 동그랗게 남았다. 소년은 노턴에게 빈 잔을 주고 갈라진 목소리로 말했다. "가서 오렌지를 하나 가져와, 웨이터."

노턴은 부엌에서 오렌지를 가지고 돌아왔다. 존슨은 손가락으로 껍질을 벗겨서 침대에 떨구었다. 그리고 천천히 오렌지를 먹으며 씨앗을 앞에 뱉었다. 오렌지를 다 먹은 뒤에는 시트로 손을 닦고 노턴을 한참 동안 바라보았다. 노턴의 서비스에 마음이 누그러든 것 같았다. "그 아저씨 아이가 확실해. 멍청하게 생긴 게 똑같다."

아이는 아무 소리도 못 들은 것처럼 둔하게 서 있었다.

"그 아저씨는 자기 오른손 왼손도 구별 못 해." 존슨이 즐거운 목소리로 말했다.

아이는 소년의 얼굴 약간 옆쪽의 벽을 바라보았다.

"쉴 새 없이 떠들지만 쓸 만한 말은 하나도 없어." 존슨이 말했다.

아이는 윗입술이 약간 올라갔지만 말은 하지 않았다.

"헛소리야, 다 헛소리." 존슨이 말했다.

아이는 얼굴에 신중한 적대감을 떠올렸다. 그리고 퇴각할 준비가 되었다는 듯 뒤로 물러서며 말했다. "아빠는 좋은 분이야. 사람들을 도와줘."

"좋은 분이라고!" 존슨이 사납게 말하더니 고개를 내밀고 소리쳤다. "그 아저씨가 좋은 사람이건 말건 상관없어. 하지만 틀린 소리만 해!"

노턴은 겁을 먹은 표정이었다.

부엌의 방충 문이 덜컹 소리를 냈고 누가 들어왔다. 존슨은 얼른 일어나 앉아서 물었다. "네 아빠야?"

"요리사 누나야. 오후 이맘때 와." 노턴이 말했다.

존슨은 일어나서 절뚝절뚝 부엌문 앞에 가 섰고 노턴이 뒤를 따라갔다.

키 큰 흑인 여자가 벽장 앞에 서서 빨간 우비를 벗고 있었다. 피부는 옅은 갈색이었으며, 입은 큼직한 장미가 검게 시든 것 같았다. 정수리에 층층이 쌓아 올린 머리는 피사의 사탑처럼 기울어져 있었다.

존슨은 이를 다문 채 소리를 내더니 말했다. "제마이마 이모*로군."

여자가 멈추고 그들을 오만하게 노려보았다. 바닥을 구르는 먼지를 보는 듯한 눈길이었다.

"야, 검둥이 말고 뭐가 더 있는지 보여 줘." 존슨이 말했다. 그리고 복도에서 오른쪽 첫 번째 문을 열고 분홍 타일을 바른 욕실을 들여다보았다. "분홍색 변기라니!" 소년이 말했다.

소년은 웃기는 얼굴로 아이를 보았다. "네 아빠도 저기 앉아서 일을 봐?"

"손님용인데, 가끔 아빠도 쓰시긴 해." 노턴이 말했다.

"그 아저씨는 저기다 머리를 비워 내야 하는데." 존슨이 말했다.

옆방 문이 열려 있었다. 아내가 죽은 뒤 셰퍼드가 자던 방이었다. 바닥재 없는 바닥에 금욕적인 분위기

---

* 식품 브랜드로, 흑인 여자의 얼굴을 로고로 쓴다.

의 철제 침대가 놓여 있었다. 한쪽 구석에는 리틀 리그 야구 유니폼이 쌓여 있었다. 덮개식 책상 위에는 신문이 어지럽게 흩어졌고, 담배 파이프들이 군데군데 신문을 눌러두고 있었다. 존슨은 말없이 방 안을 둘러보았다. 그리고 코를 찡그리며 말했다. "흠, 누가 여기서 자는지 알겠군."

그 옆방 문은 닫혀 있었지만 존슨은 문을 열고 어두컴컴한 방 안으로 고개를 내밀었디. 블라인느가 내려졌고, 답답한 공기 속에 희미한 향수 냄새가 섞여 있었다. 고풍스러운 침대가 있고 거울이 반짝이는 거대한 서랍장이 있었다. 존슨은 문 옆의 전등 스위치를 올리고 옷장 앞으로 가서 거울을 들여다보았다. 리넨 융단 위에 은색 빗과 솔빗이 놓여 있었다. 존슨은 빗을 집어 들어 머리카락 속에 넣고 이마 위로 빗어 내렸다가 히틀러식으로 옆으로 넘겼다.

"엄마 빗 내려놔!" 아이가 말했다. 아이는 문 앞에 서서 성소의 신성모독이라도 목격한 것처럼 창백한 얼굴로 숨을 몰아쉬었다.

존슨은 빗을 내려놓고 솔빗을 들어 그걸로 머리를 쓸었다.

"우리 엄마는 돌아가셨어." 아이가 말했다.

"나는 죽은 사람 물건 안 무서워." 존슨은 맨 위 서랍을 열고 그 안에 손을 넣었다.

"그 더러운 손으로 우리 엄마 옷 만지지 마!" 아이가 목이 메어서 소리를 질렀다.

"흥분하지 마." 존슨이 말하고 주름진 빨간 물방울 무늬 블라우스를 꺼냈다가 도로 넣었다. 그런 뒤 녹색 실크 손수건을 꺼내서 머리 위로 돌리다가 바닥에 떨어뜨렸다. 그는 계속 서랍을 뒤졌다. 잠시 후 네 개의 금속 지지대가 달린 낡은 코르셋이 나왔다. "네 엄마 안장인가 보다." 존슨이 말했다.

그는 코르셋을 집어 들어 흔들더니 자기 허리에 둘러매고 펄쩍펄쩍 뛰어서 금속 지지대가 춤을 추게 했다. 그리고 손가락을 튕기고 엉덩이를 흔들며 노래했다. "흔들흔들 흔들흔들, 아무리 애를 써 봐도 그 여자는 싫다고만 하네." 멀쩡한 발을 바닥에 쿵 내리찍고 무거운 발을 옆으로 흔들었다. 소년은 그렇게 춤을 추며 방을 나가서는 놀란 아이를 지나 부엌 쪽으로 갔다.

30분 후 셰퍼드가 집에 왔다. 그는 복도 의자에 우비를 떨구고 응접실 문 앞에 갔다가 우뚝 멈춰 섰다. 그의 얼굴이 확 달라졌다. 기쁨으로 환하게 빛났다. 존슨이 등받이 높은 분홍색 천 의자에 앉아 있었다. 그 뒤의 벽은 바닥에서 천장까지 전부 책이었다. 소년은 책을 읽고 있었다. 셰퍼드는 눈을 가늘게 떴다. 그것은 브리태니커 백과사전이었다. 소년은 책에 빠져서 고개도 들지 않았다. 셰퍼드는 숨을 죽였다. 이곳은 소년을 위한 완벽한 환경이었다. 그는 소년을 이 집에 두어야 했다. 어떻게든 그렇게 해야 했다.

"루퍼스! 여기서 보다니 좋구나!" 그가 말하고 손을 내민 채 소년에게 달려갔다.

존슨은 고개를 들더니 멍한 얼굴로 "아, 안녕하세요" 하고 말했다. 소년은 셰퍼드의 손을 계속 무시했지만 셰퍼드가 손을 거두지 않자 마지못해 악수를 했다.

셰퍼드는 이런 반응에 이미 준비가 되어 있었다. 기쁨을 보이지 않는 것은 존슨의 성격의 일부였다.

"어떻게 지내니? 할아버지랑은 잘 지내니?" 그가 물으며 소파 가장자리에 앉았다.

"죽었어요." 소년이 무심하게 대꾸했다.

"설마!" 셰퍼드가 소리쳤다. 그리고 일어나서 소년에게 더 가까운 소파 탁자에 앉았다.

"맞아요. 안 죽었어요. 그랬으면 좋겠지만." 존슨이 말했다.

"할아버지는 어디 계시니?" 셰퍼드가 물었다.

"산에 올라갔어요." 존슨이 말했다. "다른 사람들이랑 같이요. 동굴에 성경을 묻고 동물들을 두 마리씩 데려갈 거래요. 노아의 방주처럼요. 하지만 이번에는 홍수가 아니라 불이 닥칠 거래요."

셰퍼드의 입이 비틀렸다. "그렇구나. 그러니까 그 바보 영감이 너를 버린 거냐?" 그가 물었다.

"우리 할아버지는 바보가 아니에요." 소년이 발끈해서 말했다.

"영감님이 너를 버린 거야, 아니야?" 셰퍼드가 다그치듯 물었다.

소년은 어깨를 으쓱했다.

"네 보호관찰관은 어디 있니?"

"제가 그분에게 연락할 의무는 없어요. 그분이 저에게 연락해야죠." 존슨이 말했다.

셰퍼드는 웃으며 말했다. "잠깐 기다려라." 그리고 복도로 나가서 의자에 던져 놓은 우비를 집어 들고 벽장으로 그것을 걸어 두러 갔다. 생각할 시간이 필요했다. 그 집에서 함께 지내자는 부탁을 어떻게 할지 생각해 보아야 했다. 강요할 수는 없었다. 소년이 자발적으로 선택해야 했다. 존슨은 자기를 좋아하지 않는 척했다. 그저 자존심을 지키기 위해서였지만, 어쨌건 소년이 계속 자존심을 지킬 수 있도록 사신이 부탁하는 형식을 취해야 했다. 그는 벽장문을 열고 옷걸이를 꺼냈다. 아내의 낡은 회색 겨울 코트가 아직도 거기 있었다. 코트를 옆으로 밀어냈지만 움직이지 않았다. 옷을 떼어내려고 거칠게 단추를 풀어보다가 고치 안에 든 애벌레라도 본 것처럼 얼굴을 찌푸렸다. 노턴이 그 안에 서 있었다. 얼굴이 붓고 창백했고, 멍하고 고통스러운 표정이었다. 셰퍼드는 아이를 노려보았다. 그러다가 아이를 활용할 수 있겠다는 생각이 들었다. "나와." 그가 말한 뒤 아이 어깨를 잡고 응접실로 데리고 가서 존슨이 백과사전을 펼쳐 보고 있는 분홍 의자 앞에 세웠다. 한 번에 모든 것을 걸어 볼 생각이었다.

"루퍼스, 나한테 문제가 하나 있어서 네 도움이 필요해." 그가 말했다.

존슨이 의심스러운 눈길을 들었다.

"이 집에는 사내애가 한 명 더 필요해." 셰퍼드가 절박함이 담긴 목소리로 말했다. "여기 우리 아들 노턴은 평생 누구하고 무얼 나눌 일이 없어. 나눈다는 게 뭔지 몰라. 노턴을 가르쳐 줄 사람이 필요해. 네가 나를 도와주는 게 어떻겠니? 우리 집에서 잠시 같이 지내는 게 어떻겠니, 루퍼스? 나는 네 도움이 필요해." 흥분으로 그의 목소리가 가늘어졌다.

아이는 갑자기 기운을 찾았고, 분노로 얼굴이 달아올랐다. "저 형은 엄마 방에 가서 엄마 빗을 썼어요!" 아이가 셰퍼드의 팔을 뿌리치며 소리쳤다. "엄마 코르셋을 입고 리얼라 누나하고 춤을 췄어요. 저 형은……"

"그만해!" 셰퍼드가 소리쳤다. "네가 할 줄 아는 게 고자질뿐이냐? 너한테 루퍼스 행동을 일일이 보고해 달라고 부탁한 적 없다. 내가 부탁하는 건 그저 루퍼스를 따뜻하게 맞아 달라는 거야. 알아들어?"

"어떤지 알겠지?" 그가 존슨을 돌아보며 말했다.

노턴은 사납게 분홍 의자 다리를 걷어찼지만, 존슨

의 부은 발을 간신히 비켜 갔다. 셰퍼드는 아이를 홱 잡아당겼다.

"아빠 말은 다 헛소리라고 그랬어요!" 아이가 소리쳤다.

존슨의 얼굴에 교활한 기쁨이 떠올랐다.

그 말은 셰퍼드에게 타격을 주지 않았다. 그런 모욕은 아이의 방어기제의 일부였다. "어떠니, 루퍼스? 한동안 우리하고 같이 지내 줄 수 있겠니?"

존슨은 앞만 바라볼 뿐 아무 말도 하지 않았다. 살짝 미소를 짓는 모습이 어떤 만족스러운 장래를 보는 것 같았다.

"상관없어요. 저는 어디서든 견딜 수 있어요." 소년이 백과사전 책장을 넘기며 말했다.

"아주 좋아, 훌륭해." 셰퍼드가 말했다.

"저 형은 아빠가 자기 오른손 왼손도 구별 못 한다고 했어요." 아이가 갈라진 목소리로 속삭였다.

침묵이 흘렀다.

존슨은 손에 침을 묻혀서 백과사전을 한 장 더 넘겼다.

"너희 둘 모두에게 할 말이 있다." 셰퍼드가 꿋꿋하

게 말했다. 그는 아이들을 번갈아 보면서 이 말을 두 번 다시 안 할 테니 둘 다 잘 들어 두어야 한다는 듯 천천히 말했다. "루퍼스가 나를 어떻게 생각하는지가 중요했다면, 애초에 루퍼스를 여기로 부르지도 않았을 거다. 루퍼스는 나를 도와주고 나는 루퍼스를 도와주고 우리 둘이 너를 도와줄 거야. 루퍼스가 나에 대해 가진 생각 때문에 내가 루퍼스를 돕는 데 주저한다면, 나는 이기적인 인간인 거야. 내게 다른 사람을 도울 능력이 있다면 나는 그걸 하고 싶어. 나는 그런 사소한 일은 신경 쓰지 않거든."

두 아이 다 아무 소리가 없었다. 노턴은 의자 쿠션을 바라보았다. 존슨은 백과사전의 작은 글씨를 더 유심히 들여다보았다. 셰퍼드는 두 아이의 정수리를 내려다보고 미소 지었다. 결국 자신이 이겼다. 루퍼스는 그 집에서 지낼 것이다. 그는 손을 뻗어 노턴의 머리를 헝클어뜨리고 존슨의 어깨를 탁 쳤다. "이제 둘이 친해지렴." 그가 응접실을 나가며 유쾌하게 말했다. "리얼라가 저녁으로 무얼 남겨 놨는지 봐야겠다."

그가 나가자 존슨이 고개를 들고 노턴을 보았다. 아이는 쓸쓸한 표정으로 소년을 보았다. 존슨이 갈라진 목소리로 말했다. "야, 너 어떻게 이런 걸 참고 사냐?" 분노로 얼굴이 굳었다. "자기가 무슨 예수 그리스도인 줄 알아!"

II

셰퍼드의 다락방은 널찍했지만 마감이 제대로 되지 않아 대들보가 드러나고 전등이 없었다. 그들은 지붕창 한 곳에 삼발이를 놓고 거기에 망원경을 설치했다. 망원경이 가리키는 어두운 하늘에는 달걀 껍데기처럼 연약한 달 한 조각이 밝은 은색 구름 뒤에서 막 나와 있었다. 방 안에는 트렁크에 세워 둔 등유 랜턴에 그들의 그림자가 천장으로 뻗어서 흔들리며 대들보 접합부에서 뒤엉켰다. 셰퍼드는 나무 상자에 앉아 망원경을 들여다보았고 존슨은 옆에서 자기 차례를 기다렸다. 셰퍼드는 이틀 전에 15달러를 주고 전당포에서 그것을 샀다.

"그만 봐요." 존슨이 말했다.

셰퍼드가 일어났고, 존슨이 상자에 앉아 눈을 망원

경에 댔다.

셰퍼드는 몇 발짝 거리에 놓인 의자에 앉았다. 얼굴에 기쁨이 가득했다. 그의 꿈은 여기까지는 실현되었다. 그는 일주일도 지나지 않아 소년이 망원경으로 별을 바라보는 일을 가능하게 만들었다. 그는 존슨의 굽은 등을 보며 깊은 만족감을 느꼈다. 소년은 노턴의 체크무늬 셔츠와 그가 사 준 카키색 바지를 입었다. 신발은 다음 주면 준비될 것이다. 그는 소년이 온 다음 날 보조기 상점에 가서 새 신발을 맞추었다. 불그죽죽한 대머리 청년이 불경한 손으로 발의 치수를 재는 동안 소년의 얼굴은 어두웠다. 신발이 생기면 소년의 태도가 달라질 것이다. 발이 멀쩡한 아이도 새 신발이 생기면 뛸 듯이 기뻐한다. 노턴에게 신발을 사 주면 아이는 며칠 동안 신발만 보면서 다녔다.

셰퍼드는 방 저편에 있는 노턴을 힐끗 쳐다보았다. 아이는 트렁크에 등을 기대고 바닥에 앉아 있었다. 어디선가 찾은 밧줄로 두 다리를 발목에서 무릎까지 칭칭 감아 놓고 있었다. 아이가 너무 멀고 아득해 보여서 셰퍼드는 망원경을 거꾸로 들고 아이를 보는 것 같았다. 존슨이 집에 온 뒤로 그가 아이를 매질한 것은 단 한 번 뿐이었다. 첫날 노턴이 존슨이 엄마 방에서 자게 되었다는 걸 알게 되었을 때였다. 그는 아이를 때리면 안 된다는 신념이 있었고, 특히 화가 나서 때리면 더욱 안 된다고 생각했다. 하지만 그때는 아이를 때렸고 또 화가 나서 때렸지만 결과는 좋았다. 그 뒤로 노턴은 아무 문제도 일으키지 않았다.

아이는 존슨에게 적극적인 친절을 베풀지는 않았지만, 어쩔 수 없는 일들에 대해서는 체념하는 것 같았다. 셰퍼드는 오전이면 두 아이에게 점심 값을 주어 YMCA 수영장에 보냈고, 오후가 되면 자신이 리틀 리그 야구를 연습시키는 공원으로 찾아오게 했다. 그들은 매일 오후 말없이 터덜터덜 걸어 공원에 왔다. 각자 자기 생각에 빠져서 상대의 존재를 의식하지 못하는 듯했다. 어쨌건 그는 둘이 싸우지 않는 것을 다행으로 여겼다.

노턴은 망원경에 관심을 보이지 않았다. "너도 망원경을 보고 싶지 않니, 노턴?" 그가 말했다. 아이가 지적인 호기심을 보이지 않는 일은 그를 짜증스럽게 했다. "루퍼스가 너를 훌쩍 앞서 갈 거야."

노턴은 멍하니 몸을 숙이고 존슨의 등을 보았다.

존슨은 망원경에서 눈을 돌렸다. 소년의 얼굴은 다시 살이 올랐다. 분노의 표정은 움푹한 뺨에서 물러나서 이제 셰퍼드의 친절을 피해 달아나는 도망자처럼 눈구멍 속에 나타났다. "시간 낭비할 것 없어. 달을 한 번 봤으면 본 거야." 소년이 말했다.

셰퍼드는 소년의 변덕이 재미있었다. 소년은 그가 자신의 발전을 위해 마련하는 모든 것에 저항했고, 어떤 것에 흥미를 느끼면 지루하다는 인상을 남기려고 했다. 셰퍼드는 속지 않았다. 존슨은 비밀리에 그의 메시지를 받아들이고 있었다. 셰퍼드는 어떤 모욕에도 굴하지 않았으며, 그의 친절과 인내심은 어떤 공격도 다 막아 낼 철통 갑옷이었다. 그가 말했다. "언젠가 너희는 달에 갈 수 있을지도 몰라. 10년만 있으면 사람은 달에 갔다가 돌아올 수도 있을 거야. 너희가 우주 비행사가 될 수도 있어! 우주인이!"

"우주 미아겠죠." 존슨이 말했다.

"우주 미아건 우주인이건 너 루퍼스 존슨은 달에 갈 수 있어." 셰퍼드가 말했다.

존슨의 눈 깊은 곳에서 무언가 움직였다. 하루 종일 소년은 기분이 찌무룩했다. "나는 달에 살아서 가지 못할 거예요. 그리고 죽으면 지옥에 갈 거예요.”

“어쨌건 달에 가는 건 가능해.” 셰퍼드가 심드렁하게 말했다. 이런 일을 다루는 최선의 방법은 가벼운 조롱이었다. “우리는 달을 보고, 달이 있다는 걸 알아. 하지만 지옥이 있다는 증거는 아직 아무도 보여 주지 못했어.”

“성경이 증거잖아요. 그리고 우리는 죽으면 지옥에 가서 영원히 불탈 거예요.” 존슨이 침울하게 말했다.

아이가 앞으로 몸을 숙였다.

“지옥이 없다고 말하는 건 예수님을 부정하는 거예요.” 존슨이 말했다. “죽은 사람들은 심판을 받고 나쁜 사람들은 벌을 받아요. 그 사람들은 지옥 불에 타면서 슬피 울며 이를 갈아요. 그리고 그곳은 영원한 어둠이에요.”

아이의 입이 벌어졌다. 아이의 눈 속이 점점 비는 것 같았다.

“악마가 지옥을 다스려요.” 존슨이 말했다.

노턴은 비틀비틀 일어나서 셰퍼드에게 절뚝거리며 다가왔다. “우리 엄마가 거기 있어?” 아이가 큰 소리로 물었다. “엄마가 거기서 불타고 있어? 엄마도 타고 있어?” 아이는 발을 툭툭 차서 밧줄을 풀었다.

“말도 안 돼. 그렇지 않아.” 셰퍼드가 말했다. “루퍼스가 잘못 안 거야. 네 엄마는 어디에도 없어. 엄마는 불행하지 않았어, 절대로.” 아내가 죽었을 때 노턴에게 엄마는 천국으로 갔고 나중에 노턴도 거기 가서 엄마를 만날 거라고 말했다면 그의 운명은 더 편해졌겠지만, 아이를 거짓말로 키울 수는 없었다.

노턴의 얼굴이 뒤틀렸다. 턱에 혹이 솟았다.

“걱정 마.” 셰퍼드가 얼른 말하고 아이를 끌어당겼다. “네 엄마의 영혼은 다른 사람들 속에 계속 살아 있고, 네가 엄마처럼 착하고 너그러운 사람이 되면 네 안에도 계속 살아 있어.”

아이의 창백한 눈이 불신으로 굳었다.

셰퍼드의 연민은 혐오감으로 변했다. 아이는 엄마가 아무 데도 없는 것보다 차라리 지옥에 있는 편을 더 원하고 있었다. “엄마는 아무 데도 없어.” 셰퍼드가 말하고, 아이의 어깨에 손을 얹었다. “나는 너에게 진실이 아닌 것을 말할 수 없어.” 그가 좀 더 부드럽고 지친 목소리로 말했다.

아이는 울부짖지 않았다. 대신 몸을 비틀어 빼낸 뒤

존슨의 소매를 잡고 물었다. "우리 엄마가 거기 있어, 형? 엄마가 거기서 불타고 있어?"

존슨이 눈을 반짝이며 말했다. "엄마가 나쁜 사람이었다면 거기 있겠지. 네 엄마가 탕녀였니?"

"네 엄마는 탕녀가 아니었어." 셰퍼드가 사납게 말했다. 브레이크 없는 자동차를 운전하는 것 같은 느낌이 들었다. "이런 바보 같은 대화는 그만하자. 우리는 달 이야기를 하고 있었어."

"아줌마가 예수님을 믿었니?" 존슨이 물었다.

노턴은 멍한 표정으로 있다가 잠시 후에 말했다. "응, 믿으셨어, 평생." 마치 그래야 한다는 것 같았다.

"아냐." 셰퍼드가 말했다.

"평생 믿었어요. 엄마가 직접 그렇게 말했어요." 노턴이 말했다.

"그러면 구원받았어."

아이는 여전히 어리둥절한 표정으로 물었다. "어디 있어? 우리 엄마 어디 있어?"

"높은 곳에 계셔." 존슨이 말했다.

"그게 어디야?" 노턴이 물었다.

"하늘 어딘가 있어." 존슨이 말했다. "하지만 거기

는 죽은 사람만 갈 수 있어. 우주선을 타고는 못 가."

소년의 눈에 과녁을 비추는 빛처럼 예리한 섬광이 떠올랐다.

"사람은 달에 갈 거야." 셰퍼드가 엄격하게 말했다. "수십억 년 전에 처음 물고기가 육지로 나온 것하고 아주 비슷해. 그 물고기는 육지용 복장이 없어서 내부에 적응 장치를 만들었어. 그게 폐야."

"내가 죽으면 지옥에 갈까? 아니 엄마는 어디 있지?" 노턴이 물었다.

"지금 죽으면 네 엄마가 있는 데로 갈 거야. 하지만 오래 살면 지옥에 갈 거야." 존슨이 말했다.

셰퍼드가 벌떡 일어나서 랜턴을 집어 들고 말했다. "창문을 닫아라, 루퍼스. 이제 내려가서 잘 시간이다."

다락을 내려올 때 그는 존슨이 뒤에서 큰 소리로 속삭이는 것을 들었다. "내일 말해 줄게. 아저씨가 없을 때."


다음 날 야구장에서 셰퍼드는 아이들이 외야석 뒤에서 나와서 운동장 가장자리를 둘러 오는 것을 보았다. 존슨이 노턴의 어깨에 손을 얹고, 노턴의 귀를 향해 고개를 수그리고 있었다. 아이 얼굴에는 완전한 믿음, 깨달음의 표정이 있었다. 셰퍼드는 얼굴이 일그러졌다. 이것은 존슨이 자신을 괴롭히는 방법일 것이다. 노턴은 별로 총명하지 않기에 크게 손해 볼 것도 없다. 그는 생각에 잠긴 아이의 멍한 얼굴을 바라보았다. 아이를 뛰어나게 만들 필요가 뭐가 있을까? 천국과 지옥은 그저 그런 보통 사람들을 위한 것이고, 노턴은 그런 부류였다.

두 아이는 외야석에 올라간 뒤 셰퍼드와 3미터 정도 거리에서 그를 보며 앉았지만 둘 중 누구도 그를 알아보는 내색을 하지 않았다. 그는 리틀 리그 야구 선수들이 흩어진 운동장 쪽을 돌아보았다. 그리고 외야석으로 갔다. 그가 다가가자 존슨의 목소리가 그쳤다.

"너희 오늘 뭐 했니?" 그가 다정하게 물었다.

"형이 저한테 말……" 노턴이 말했다.

존슨이 아이의 갈빗대를 쿡 찌르고 말했다. "아무것도 안 했어요." 소년의 얼굴은 단순한 눈빛을 둘렀지만, 그 안에는 복잡한 표정이 뻔뻔하게 새겨져 있었다.

셰퍼드는 얼굴이 달아올랐지만 아무 말도 하지 않았다. 리틀 리그 야구 유니폼을 입은 아이 하나가 와서 방망이로 그의 다리 뒤쪽을 쿡 찔렀다. 그는 돌아서서 아이의 목에 팔을 두르고 함께 경기로 돌아갔다.

그날 밤 그가 망원경을 보는 아이들을 보러 다락방에 가 보니 노턴밖에 없었다. 아이는 상자에 웅크리고 앉아서 열심히 망원경을 들여다보고 있었다. 존슨은 없었다.

"루퍼스는 어디 갔니?" 셰퍼드가 물었다.

"루퍼스 어디 갔느냐니까?" 그가 더 큰 소리로 말했다.

"딴 데 갔어요." 아이가 고개도 돌리지 않고 말했다.

"딴 데 어디?" 셰퍼드가 물었다.

"그냥 딴 데 간다고 했어요. 별 보는 게 지겹다고요."

"알았다." 셰퍼드가 우울하게 말했다. 그는 돌아서서 계단을 내려갔다. 집 안을 찾아보았지만 존슨은 없었다. 그는 거실에 가서 앉았다. 어제는 존슨을 성공적으로 변화시킬 것을 확신했다. 오늘은 실패의 가능성에 직면해 있었다. 자신이 너무 느슨했고, 존슨의 호감을 얻는 데 너무 신경을 썼다. 그는 죄책감을 느졌다. 존슨이 자기를 좋아하건 말건 무슨 상관인가? 그게 자신에게 무슨 의미인가? 소년이 돌아오면 몇 가지를 확실히 해 둘 것이다. 여기서 지내는 동안 밤에 혼자 나가는 건 안 돼, 알았지?

나는 여기서 지낼 필요 없어요. 여기서 지내건 말건 아무 상관없어요.

오 하느님. 그는 생각했다. 그런 결과를 빚을 수는 없었다. 확고한 태도를 보여야 했지만, 그걸 문제 삼으면 안 된다. 그는 석간신문을 집어 들었다. 친절과 인내심은 계속 발휘되었지만 확고함은 부족했다. 그는 신문을 들고 있었지만 읽지는 않았다. 자신이 확고한 태도를 보이지 않으면 소년은 자신을 존경하지 않을 것이다. 현관에 초인종이 울렸다. 그가 나가서 문을 열었고, 고통과 실망이 담긴 표정으로 한 걸음 물러섰다.

현관 앞에는 뚱한 표정을 한 거구의 경찰관이 존슨의 팔꿈치를 잡고 서 있었다. 집 앞에는 경찰차가 있었다. 존슨은 얼굴이 창백했다. 그리고 떨지 않으려는 듯 턱을 앞으로 내밀었다.

"아이가 하도 난리를 피워서 일단 여기로 데리고

왔습니다.” 경찰이 말했다. “하지만 선생님이 보셨으니 이제 아이를 경찰서로 데리고 가서 몇 가지를 물어보려고 합니다.”

“무슨 일인가요?” 셰퍼드가 물었다.

“여기 길모퉁이의 집이 박살 났어요. 접시가 다 깨지고, 가구들이 뒤집히고……” 경찰이 말했다.

“저하고는 아무 상관없어요! 그냥 길을 걷는데 경찰이 와서 저를 잡은 거예요.” 존슨이 말했다.

셰퍼드는 우울하게 소년을 보았다. 그는 표정을 누그러뜨리지 않았다.

존슨은 얼굴을 붉혔다. “그냥 길을 걷고 있었어요.” 그가 말했지만 그 말에는 힘이 없었다.

“가자.” 경찰이 말했다.

“제가 경찰서로 끌려가게 놔두시지 않겠죠? 저를 믿으시죠?” 존슨이 말했다. 그 목소리에는 셰퍼드가 그때껏 듣지 못한 간절함이 있었다.

결정적인 순간이었다. 잘못을 저지르면 보호받을 수 없다는 걸 소년은 배워야 했다. “경찰서에 가야 할 것 같구나, 루퍼스.” 그가 말했다.

“저를 경찰서로 보내는 거예요? 저는 아무 짓도 안

했어요.” 존슨이 날카롭게 말했다.

상처가 더 예리하게 느껴지면서 셰퍼드의 얼굴은 딱딱하게 굳었다. 소년은 신발을 마련해 주기도 전에 자신을 실망시켰다. 신발은 내일 찾을 예정이었다. 그의 모든 후회가 갑자기 신발로 향했다. 존슨을 보는 짜증이 배가 되었다.

“아저씨는 저를 완전히 믿는 것처럼 말씀하셨잖아요.” 소년이 말했다.

“믿었던 건 맞아.” 셰퍼드가 말했다. 그의 얼굴은 계속 굳어 있었다.

존슨은 경찰과 함께 돌아섰지만, 그 전에 그의 눈 깊은 곳에서 순전한 증오의 빛이 셰퍼드를 향해 번득였다.

셰퍼드는 문 앞에 서서 그들이 경찰차를 타고 사라지는 모습을 지켜보았다. 그의 마음에 연민이 일었다. 내일 경찰서에 가서 소년의 문제를 해결할 방법을 알아볼 것이다. 유치장에서 하룻밤 자는 게 소년에게 큰 상처가 되지는 않을 테고, 그 경험을 통해 자신에게 오직 친절만을 베푼 사람을 함부로 대하면 안 된다는 것을 배우리라. 그러고 나서 함께 보조기 상점

에 갈 테고, 어쩌면 유치장의 하루가 소년에게 큰 의
미가 될지도 모른다.

다음 날 오전 8시에 경사가 전화를 해서 존슨을 데
려가라고 했다. "검둥이 한 명을 잡았습니다. 댁의 아
이는 이 일과 아무 상관이 없었습니다."

셰퍼드는 경찰서에 10분을 있었고, 부끄러움에 얼
굴이 뜨거웠다. 존슨은 우중충한 바깥 사무실 벤치에
웅크리고 앉아 경찰 잡지를 읽고 있었다. 그 방에 다
른 사람은 아무도 없었다. 셰퍼드는 그의 옆에 앉아
어깨에 머뭇거리며 손을 얹었다.

소년은 고개를 들었다가―입술이 비틀렸다―다시
잡지로 돌아갔다.

셰퍼드는 육체적인 고통을 느꼈다. 자기 행동의 추
악함이 둔하고 강렬하게 그를 내리눌렀다. 그는 소년
을 바른길로 돌려세울 수 있던 바로 그 순간 실패했
다. "루퍼스, 사과하마. 내가 틀리고 네가 옳았어. 내
가 널 잘못 판단했어."

소년은 계속 잡지를 읽었다.

"미안하다."

소년은 손가락에 침을 묻히고 책장을 넘겼다.

셰퍼드는 마음을 다잡고 말했다. "내가 바보였어, 루퍼스."

존슨의 입이 옆으로 미끄러졌다. 고개는 들지 않고 어깨만 들썩했다.

"이번 한 번은 잊어 줄 수 있겠니? 다시는 이런 일이 없게 하마." 셰퍼드가 말했다.

소년이 고개를 들었다. 눈은 밝았지만 온기는 없었다. "저는 잊을게요. 하지만 아저씨는 기억해야 돼요." 소년은 그렇게 말하고 일어나서 문 앞으로 갔다. 그러다 중간에 돌아서서 셰퍼드에게 손짓을 했고, 셰퍼드는 일어나서 소년이 목줄이라도 당기는 것처럼 따라갔다.

"네 신발, 오늘 네 새 신발을 찾는 날이야." 그가 들떠서 말했다. 신발이 그렇게 고마울 수가 없었다.

하지만 보조기 상점에 가 보니, 신발은 두 치수나 작게 만들어졌고, 다시 만들려면 새로 열흘을 기다려야 했다. 존슨은 기분이 좋아졌다. 점원이 치수를 잘못 잰 게 분명했지만, 소년은 그사이에 발이 자라났다고 말했다. 소년은 발이 자기 결단으로 그렇게 늘어났다고 생각하는 듯 즐거운 표정으로 상점을 나갔다. 셰퍼드의 표정은 초췌했다.

그 일 이후 그는 노력을 배가했다. 존슨이 망원경에 흥미를 잃었기에 그는 현미경과 프레파라트 세트를 사 주었다. 광활한 것으로 소년을 사로잡을 수 없다면 미세한 것을 시도할 것이다. 존슨은 이틀 동안 새 장치에 몰두하는 듯하다가 이내 거기에도 흥미를 잃었지만, 저녁이면 거실에 앉아 백과사전 읽는 것은 계속 좋아하는 것 같았다. 소년은 저녁 식사를 탐식하듯 꾸준히 백과사전을 탐식했다. 항목 하나하나를 머리에 넣어 분쇄하고 버리는 것 같았다. 셰퍼드에게는 소년이 입을 다문 채 소파에 앉아 책을 읽는 모습보다 뿌듯한 것은 없었다. 그런 식으로 2~3일 저녁을 지내자 예전의 희망이 다시 살아났다. 그는 자신감을 회복했다. 언젠가 자신이 존슨에게 긍지를 품을 날이 올 것을 믿었다.

목요일 저녁 셰퍼드는 두 소년을 극장에 내려 주고 시의회 회의에 갔다가 돌아오는 길에 다시 태워서 데려왔다. 그들이 집에 왔을 때 꼭대기에 붉은 등을 단 자동차가 집 앞에 있었다. 셰퍼드의 자동차가 진입로에 올라설 때 그 전조등 불빛에 자동차 안에 있는 두 사람의 뚱한 얼굴이 보였다.

"경찰이에요! 검둥이가 또 어느 집에 침입했는데 이번에도 다시 나를 잡으러 왔나 봐요." 존슨이 말했다.

"가서 들어 보마." 셰퍼드가 말하고 진입로에 차를 세운 뒤 불을 껐다. "너희는 집에 들어가서 자라. 내가 해결할 테니."

그는 차에서 내려서 순찰차로 갔다. 그리고 창문 안으로 고개를 내밀었다. 두 경찰관은 다 알지 않느냐는 듯 말없이 그를 보았다. "셸턴로路와 밀스로 교차점의 집이에요. 무슨 기차가 뚫고 지나간 것처럼 됐어요." 운전석에 앉은 경찰이 말했다.

"아이는 시내 영화관에 있었습니다." 셰퍼드가 말했다. "내 아들과 함께요. 그 아이는 지난번 일에 아무 관련이 없었고, 이번 일에도 관련이 없습니다. 제가 책임지겠습니다."

"제가 선생님이라면 어린 불량배를 위해 책임을 지지는 않을 겁니다." 그와 좀 더 가까운 쪽에 앉은 경찰이 말했다.

"제가 책임지겠다고 했습니다. 지난번에 경찰 쪽에서 실수를 하셨습니다. 실수를 반복하지 마세요." 셰퍼드가 잘라 말했다.

경찰관은 서로를 보았다. "뭐 자기가 책임지겠다는데." 운전석에 앉은 경찰이 말하고 시동을 걸었다.

셰퍼드는 집에 들어가서 어두운 거실에 앉았다. 그는 존슨을 의심하지 않았고, 의심하는 모습을 보이고 싶지도 않았다. 만약 존슨이 또다시 그가 자신을 의심한다고 생각한다면 그는 모든 것을 잃을 것이다. 하지만 소년의 알리바이가 분명한지 알고 싶었다. 노턴에게 가서 존슨이 극장을 나간 적이 있는지 물어볼까 생각했다. 하지만 그것은 더 나쁠 것이다. 존슨은 결국 그 일을 알고 분개할 것이다. 그는 존슨에게 직접 물어보기로 했다. 둘러말하지도 않을 생각이었다. 그는 하고 싶은 말을 머릿속으로 연습하고 일어나서 소년의 방으로 갔다.

방문은 그가 올 것을 예상한 듯 열려 있었지만, 존슨은 자고 있었다. 복도에서 들어오는 희미한 빛에 이불에 덮인 형체가 보였다. 그는 침대 발치에 서서 말했다. "경찰은 갔다. 너는 그 일과 아무 상관이 없고 내가 책임지겠다고 말했어.”

베개 쪽에서 나직하게 “네” 하는 소리가 들렸다.

셰퍼드는 망설이다가 물었다. “루퍼스, 극장에 계속 있던 거 맞는 거지?”

“저를 완전히 믿는다고 하셨잖아요!” 격분한 목소리가 터져 나왔다. “그런데 전혀 믿지 않네요! 아저씨는 지난번처럼 저를 믿지 않아요!” 몸과 분리된 그 목소리는 존슨의 얼굴이 보일 때보다 더 마음 깊은 곳에서 나오는 것 같았다. 그것은 경멸 어린 질책의 외침이었다.

“나는 널 믿어. 나는 너를 철저히 믿어. 너를 믿고 완전히 신뢰해.” 셰퍼드가 힘주어 말했다.

“계속 저를 감시하잖아요. 저한테 묻고 나서 노턴에게 가서 또 물어볼 거잖아요.” 부루퉁한 목소리가 말했다.

“노턴에게는 물어볼 생각도 없고 그러지도 않았다.” 셰퍼드가 부드럽게 대꾸했다. “그리고 나는 너를 의심하지 않아. 네가 시내 영화관을 나와서 그 집에 침입했다가 다시 극장에 돌아가서 나를 만났을 가능성이 없으니까.”

“그래서 아저씨가 저를 믿는 거죠! 내가 그렇게 할
수 없었으니까.” 소년이 소리쳤다.

“아냐, 아냐!” 셰퍼드가 말했다. “나는 너처럼 머리
좋고 자존심 강한 아이가 다시는 그런 말썽에 휘말리
지 않을 거라고 생각하기 때문에 너를 믿어. 그리고
이제 네가 그런 일을 할 필요가 없다는 걸 잘 알 거라
고 믿어. 또 네가 마음만 먹으면 어떤 사람도 될 수 있
다고 믿어.”

존슨은 일어나 앉았다. 희미한 빛이 이마에 비쳤지
만 얼굴 나머지 부분은 보이지 않았다. “제가 마음만
먹었다면 그 집에 침입할 수 있었어요.” 그가 말했다.

“하지만 안 했잖아. 내 마음에는 그에 대한 아무런
의심도 없다.” 셰퍼드가 말했다.

침묵이 흘렀다. 존슨은 다시 누웠다. 그러더니 억지
로 내는 듯한 낮고 거친 목소리로 말했다. “자기가 원
하는 걸 다 갖고 있을 때 남의 물건을 훔치고 부수고
싶지는 않은 법이죠.”

셰퍼드는 숨이 목에 걸렸다. 소년이 자신에게 감사
하고 있었다! 존슨이 감사하고 있었다! 그 목소리에
고마움이 담겨 있었다. 그를 인정했다. 그는 어둠 속

에서 멍청하게 웃으면서 이 순간을 간직하려고 했다. 그리고 자신도 모르게 침대로 다가가서 존슨의 이마를 만졌다. 이마는 녹슨 쇠처럼 차갑고 건조했다.

"이해한다. 잘 자렴." 그가 말하고 곧바로 방을 나왔다. 그리고 문을 닫고 감동에 젖어 서 있었다.

복도 맞은편에 있는 노턴의 방문이 열려 있었다. 아이는 침대에 누워서 복도의 빛을 바라보고 있었다.

이제 존슨과 함께 가는 길은 평탄할 것이다.

노턴이 일어나 앉아 그에게 손짓을 했다.

그는 아이를 보았지만 곧 시선을 흩었다. 노턴의 방에 들어가 아이와 이야기하는 것은 존슨의 믿음을 깨는 일이었다. 그는 잠시 망설였지만 아무것도 보이지 않는 것처럼 가만히 서 있었다. 내일이면 신발을 찾으러 갈 것이다. 그 일은 둘의 좋은 감정을 절정으로 이끌 것이다. 그는 얼른 돌아서서 자기 방으로 갔다.

아이는 한동안 아버지가 서 있던 자리를 바라보았다. 그러다 마침내 시선의 초점을 잃고 침대에 누웠다.

다음 날 존슨은 속마음을 밝힌 것이 부끄러운 듯 뚱하고 말이 없었다. 눈이 부은 것 같았다. 자기 안으로 숨어든 것 같았고, 어떤 결정의 위기를 겪을 것 같았다. 셰퍼드는 얼른 보조기 상점으로 가고 싶어 몸이 달았다. 그리고 관심이 분산되는 것이 싫어 노턴은 집에 있게 했다. 존슨의 반응을 세밀한 부분까지 관찰하고 싶었다. 소년은 새 신발이 생길 일이 기쁘기는커녕 관심도 가지 않는 듯했지만, 현실이 되면 분명히 감동받을 것이다.

보조기 상점은 여러 가지 장애 보조 장치가 가득 정렬된 작은 콘크리트 건물이었다. 휠체어와 보행 보조기가 가장 많았다. 벽에는 온갖 목발과 부목이 걸려 있고, 의수족이 선반에 쌓여 있었다. 다리, 팔, 손, 갈고리, 멜빵, 띠를 비롯해서 온갖 이름 모를 기형에 쓰이는 알 수 없는 도구들이 있었다. 상점 가운데 작은 빈 공간이 있었고, 거기에 노란 플라스틱 의자와 신발 신는 받침이 놓여 있었다. 존슨은 그 의자에 웅크려 앉아서 받침에 발을 얹고 우울한 눈길로 내려다보았다. 신발의 발가락 부분이었을 자리는 돛천으로 덧대어지고, 다른 부분은 본래 신발의 혀였던 것 같은 게 덧대어져 있었다. 양쪽 옆에 실밥이 드러나 있었다.

셰퍼드의 얼굴에 들뜬 홍조가 떠올랐다. 심장이 부자연스러울 만큼 빨리 뛰었다.

점원이 상점 뒤쪽에서 새 신발을 겨드랑이에 끼고 나오며 말했다. "이번에는 제대로 했습죠!" 그는 받침에 걸터앉아서 웃음 띤 얼굴로 마술을 선보이듯이 신발을 척 들어 올렸다.

그것은 검고 반들거리고 모양새 없는 신발로 광채가 요란했다. 번쩍번쩍 빛을 낸 둔한 무기 같았다.

존슨은 어두운 얼굴로 그것을 보았다.

"이 신발을 신으면 네가 걷는 줄도 모를 거야. 차를 타고 가는 것 같을걸!" 점원이 말하고, 불그죽죽한 대머리를 숙여 조심스레 끈을 풀었다. 그리고 아직 덜 죽은 동물의 가죽을 벗기듯 소년의 낡은 신발을 벗겼다. 긴장된 표정이었다. 신발이 벗겨지고 더러운 양말이 나타나자 셰퍼드는 속이 메스꺼웠다. 그는 새 신발이 신겨질 때까지 거기서 눈을 돌렸다. 점원은 빠른 속도로 끈을 묶었다. "이제 일어나서 걸어 봐. 날아가는 것처럼 가벼울 테니." 그가 말하고 셰퍼드에게 윙크를 해 보였다. "이 신발을 신으면 아이는 발이 정상이 아니라는 걸 느낄 수가 없을 거예요."

셰퍼드의 얼굴은 기쁨으로 밝아졌다.

존슨은 일어서서 몇 미터를 걸었다. 뻣뻣한 걸음이었지만 짧은 다리를 디딜 때에도 거의 절뚝거리지 않았다. 그는 잠시 그들에게 등을 돌린 채 뻣뻣하게 서 있었다.

"멋지구나! 정말 멋져." 셰퍼드가 말했다. 마치 자신이 소년에게 새로운 척추라도 달아 준 것 같았다.

존슨이 돌아섰다. 입술이 차갑고 얇게 굳어 있었다. 그는 의자로 돌아와 신발을 벗었다. 그러더니 다시 낡은 신발을 신고 끈을 묶었다.

"집에 가져가서 어울리는지 먼저 보려고?" 점원이 물었다.

"아뇨. 저는 그거 안 신어요." 존슨이 말했다.

"왜, 무슨 문제가 있니?" 셰퍼드가 목소리를 높여 말했다.

"나는 새 신발이 필요 없어요. 그리고 필요한 건 내가 알아서 구해요." 소년의 얼굴은 딱딱했지만 그 눈에는 승리의 빛이 있었다.

"이런, 문제가 네 발인 거니 아니면 머리인 거니?" 점원이 말했다.

"자기 대가리나 신경 써요. 불난 것처럼 빨갛잖아요." 존슨이 말했다.

점원은 웃음을 잃었지만 위엄 있게 일어나서 끈에 매달려 기운 없이 늘어진 새 신발을 들고 셰퍼드에게 이걸 어떻게 할 거냐고 물었다.

셰퍼드의 얼굴은 분노로 암적색이 되었다. 그는 눈앞에 있는 의수 달린 가죽 코르셋을 뚫어져라 바라보았다.

점원이 다시 물었다.

"포장해 줘요." 셰퍼드가 말하고 존슨에게 눈길을 돌렸다. "아이가 아직 생각이 없어서 그걸 신을 준비가 안 되었네요. 그동안 좀 철이 든 줄 알았습니다."

소년이 비웃으며 말했다. "아저씨는 처음부터 전부 틀렸어요."

그날 밤 그들은 거실에 앉아 평소처럼 책을 읽었다. 셰퍼드는 일요판 《뉴욕 타임스》에 우울하게 파묻혀 있었다. 자신의 유쾌함을 되찾고 싶었지만, 퇴박맞은 신발을 생각할 때마다 짜증이 밀려왔다. 그는 존슨을 바라볼 수조차 없었다. 소년이 신발을 거절한 것은 불안하기 때문이라는 걸 알았다. 존슨은 감사한 마음에 겁을 먹고 있었다. 점점 달라지는 자신을 어떻게 이해해야 할지 몰랐으리라. 지난날의 자신이 위협받고 있고, 새로운 자신 그리고 새로운 가능성에 맞닥뜨렸다는 것을 알았다. 그래서 자신의 정체성에 질문을 던지고 있었다. 그렇게 생각하니 셰퍼드는 소년을 향한 연민이 돌아오는 것을 느꼈다. 잠시 후 그는 신문을 내리고 소년을 보았다.

존슨은 소파에 앉아서 백과사전 너머를 바라보고 있었다. 몽환에 빠진 표정이었다. 먼 곳의 어떤 소리를 듣는 것 같았다. 셰퍼드는 존슨을 유심히 보았고, 소년은 계속 귀를 쫑긋한 채 그를 돌아보지 않았다. 불쌍한 녀석, 낙심한 거야, 셰퍼드는 생각했다. 그는 저녁 내내 여기 앉아서 부루퉁하게 신문만 읽으며 부드러운 말 한 마디 하지 않았다. "루퍼스." 그가 말했다.

존슨은 꼼짝 않고 계속 귀만 쫑긋 기울였다.

"루퍼스." 셰퍼드가 최면에 걸린 듯 느린 목소리로 말했다. "너는 이 세상에서 네가 원하는 것 무엇이건 될 수 있어. 과학자도 될 수 있고, 건축가, 엔지니어,

그 밖에도 마음먹은 어떤 것도 될 수 있어. 그리고 마음만 먹으면 어떤 분야에서도 최고가 될 수 있어.” 그는 자기 목소리가 소년의 동굴 같은 영혼 속을 침투하는 모습을 상상했다. 존슨은 몸을 숙였지만 고개는 돌리지 않았다. 바깥에서 자동차 문 닫히는 소리가 났다. 침묵이 흘렀다. 이어 초인종이 요란하게 울렸다.

셰퍼드는 벌떡 일어나서 현관으로 나가 문을 열었다. 이전의 그 경찰이 서 있었다. 길에는 순찰차가 기다리고 있었다.

“그 아이를 보여 주십시오.” 경찰이 말했다.

셰퍼드는 인상을 쓰고 옆으로 비켜서며 말했다. “오늘 저녁 내내 집에 있었습니다. 그건 제가 보증합니다.”

경찰은 거실로 걸어 들어갔다. 존슨은 책에 몰두한 것 같았다. 그러더니 잠시 후 작업을 중단당한 거장처럼 짜증스러운 표정으로 고개를 들었다.

“너 30분 전에 윈터 대로의 그 집 부엌 창문으로 무얼 들여다봤니?” 경찰이 물었다.

“아이를 괴롭히지 말아요! 아이는 여기 있었습니다. 나랑 같이요.”

"들으셨죠. 저는 여기 계속 있었어요." 존슨이 말했다.

"모든 사람이 너 같은 발자국을 남기지는 않아." 경찰이 말하고 소년의 내반족을 바라보았다.

"이 아이 발자국일 리가 없어요." 셰퍼드가 분개해서 소리쳤다. "여기 계속 있었다니까요. 경관님은 시간을 낭비하고 계시는 겁니다. 경관님 시간뿐 아니라 우리 시간도요." 그는 '우리'라는 말이 소년과의 유대를 단단하게 하는 것을 느꼈다. "지겹습니다. 진짜 범인이 누구인지 찾아볼 생각은 안 하고 무턱대고 우리 집부터 오시는군요."

경찰은 이 말을 무시하고 계속 존슨을 바라보았다. 얼굴은 퉁퉁했지만 작은 눈은 예리했다. 마침내 그가 문을 향해 돌아서며 말했다. "조만간 잡게 될 겁니다. 저 애가 머리를 창문에 들이밀고 꼬리가 밖에 나와 있을 때 말이죠."

셰퍼드는 현관까지 경찰을 따라가서 쾅 소리를 내며 문을 닫았다. 기분이 날아갈 것 같았다. 그에게 필요한 게 바로 이것이었다. 그는 기대에 차서 존슨을 돌아보았다.

존슨은 책을 내려놓고 있었고, 교활한 표정으로 그
에게 말했다. "고마워요."

셰퍼드의 미소가 그쳤다. 소년의 표정은 오만했다.
대놓고 조롱하고 있었다.

"아저씨도 거짓말 실력이 상당해요." 소년이 말했다.

"거짓말이라고?" 셰퍼드가 말했다. 소년이 집을 나
갔다가 돌아왔다는 말인가? 그는 속이 울렁거렸다.
그리고 분노에 떠밀려 소년에게 다가가서 말했다.
"집을 나갔었니? 나는 네가 나가는 걸 못 봤어."

소년은 빙긋 웃기만 했다.

"노턴을 보러 다락방에 갔잖아." 셰퍼드가 말했다.

"아뇨. 그 애는 바보예요. 지겨운 망원경 들여다보
는 것 말고는 아무것도 하고 싶어 하지 않아요." 존슨
이 말했다.

"노턴 이야기는 듣기 싫다. 어디 갔었니?" 셰퍼드가
거칠게 말했다.

"그 분홍색 통에 혼자 앉아 있었어요. 목격자는 없
었어요."

셰퍼드는 손수건을 꺼내 이마를 닦았다. 그리고 간
신히 미소를 지었다.

존슨은 눈을 굴리고 말했다. "아저씨는 저를 안 믿어요." 그 목소리는 이틀 전 어두운 방에서 들은 것처럼 꺼칠하게 갈라졌다. "저를 완전히 믿는다고 하지만 조금도 안 믿어요. 상황이 힘들어지면 아저씨도 다른 사람들처럼 도망칠 거예요." 그 꺼칠함은 과장되고 희극적이었다. 그리고 뻔뻔한 조롱을 담고 있었다. "아저씨는 날 안 믿어요. 나한테 믿음이 없어요. 아저씨는 경찰보다 똑똑하지도 않아요. 발자국 어쩌고 하는 건 함정이었어요. 발자국은 없어요. 그 집은 뒷마당까지 콘크리트로 덮였고, 내 신발은 젖지 않았어요."

셰퍼드는 손수건을 주머니에 천천히 도로 넣었다. 그리고 소파에 주저앉아 발밑의 깔개를 보았다. 소년의 내반족이 그의 시야에 들어왔다. 땜질투성이 신발이 존슨의 얼굴로 그를 보고 웃는 것 같았다. 그는 소파 쿠션 끄트머리를 손마디가 하얘지도록 꽉 붙들었다. 싸늘한 미움이 밀려왔다. 그는 그 신발이 밉고, 발이 밉고, 소년이 미웠다. 셰퍼드의 얼굴이 창백해졌다. 미움이 목을 조였다. 그는 스스로에게 충격을 받았다.

그는 소년의 어깨를 잡고 자신이 쓰러지는 걸 막으려는 듯 꽉 붙들고 말했다. "네가 그 집 창문을 들여다본 건 나를 괴롭히기 위해서였어. 네가 원한 건 그게 전부야. 너를 돕고자 하는 내 결심을 흔드는 것. 하지만 내 결심은 흔들리지 않아. 나는 너보다 강해. 나는 너보다 강하고 반드시 너를 구해 낼 거야. 선의는 이기는 법이야."

"틀렸어요. 그런 일은 없어요." 소년이 말했다.

"내 결심은 흔들리지 않아. 나는 너를 구해 낼 거야." 셰퍼드가 다시 말했다.

존슨이 다시 교활한 표정이 되어 말했다. "아저씨는 나를 구하지 못해요. 아저씨는 나한테 이 집을 떠나라고 할 거예요. 지난 두 번의 사건도 다 내가 한 일이에요. 첫 번째 사건도 그렇고, 내가 영화관에 있는 척하면서 저지른 두 번째 사건도요."

"나는 너한테 나가라고 하지 않아. 나는 너를 구해 낼 거야." 셰퍼드가 말했다. 그 목소리는 단조롭고 기계적이었다.

존슨은 고개를 내밀고 사납게 말했다. "아저씨나 구해요. 나를 구원할 사람은 예수님밖에 없어요."

셰퍼드는 짧게 웃었다. "넌 날 못 속여. 소년원에 있을 때 내가 이미 그런 생각을 네 머리에서 몰아냈잖아. 나는 적어도 거기서는 너를 구했어."

존슨의 얼굴 근육이 뻣뻣해졌다. 그 얼굴에 어찌나 강렬한 혐오가 떠올랐는지 셰퍼드는 무심코 한 걸음 뒤로 물러섰다. 소년의 눈이 뒤틀린 거울처럼 그의 모습을 기괴하게 비추어 보였다. "곧 알게 될 거예요." 존슨이 속삭였다. 그리고 벌떡 일어나 한시바삐 셰퍼드의 눈길을 벗어나고 싶다는 듯 나갔지만 현관 쪽이 아니라 복도로 나갔다. 셰퍼드는 소파에서 몸을 돌려 소년의 뒷모습을 보았다. 그리고 소년이 방문을 쾅 닫는 소리를 들었다. 소년은 떠나지 않을 것이다. 셰퍼드의 눈이 빛을 잃었다. 소년의 충격적인 고백이 이제야 의식의 중심에 닿는 듯 그의 눈은 밋밋하고 생기 없었다. "제발 떠나 주었으면. 알아서 나가 주었으면." 그가 중얼거렸다.

다음 날 아침 존슨은 이 집에 입고 왔던 할아버지의 양복을 입고 아침 식탁에 나타났다. 셰퍼드는 알아보지 못하는 척했지만, 한 번만 보아도 그가 이미 알고 있던 것을 다시 확인할 수 있었다. 자신은 함정에 빠졌다는 것, 이제 결국 존슨이 이길 신경전만이 남아 있다는 것을. 그는 애초에 소년을 만난 사실이 원망스러웠다. 연민이 물러간 자리에 마비감이 남았다. 그는 서둘러 집을 나섰고, 하루 종일 저녁에 집에 돌아갈 일을 걱정했다. 자신이 퇴근했을 때 소년이 집을 떠났기를 희미하게 소망했다. 할아버지 양복은 떠나겠다는 의미일 수도 있었다. 오후가 되자 그 희망이 커졌다. 집에 와서 현관을 열 때 심장이 쿵쿵 뛰었다.

그는 복도에 서서 거실을 들여다보았다. 기대의 표정은 사그라졌다. 그의 얼굴도 그의 백발처럼 일찌감치 늙은 것 같았다. 두 소년은 소파에 붙어 앉아 같은 책을 읽고 있었다. 노턴의 뺨이 존슨의 양복 소매에 닿아 있었다. 존슨의 손가락이 글줄을 따라갔다. 둘은 형제 같았다. 셰퍼드는 1분 가까이 그 장면을 굳은 표정으로 바라보았다. 그런 뒤 거실로 들어가 코트를 의자에 떨구었다. 두 아이 모두 그에게 신경을 쓰지 않았다. 그는 부엌으로 들어갔다.

리얼라는 늘 스토브에 저녁거리를 올려 두고 떠났

고, 그는 그것을 식탁에 차렸다. 머리가 아프고 신경이 곤두섰다. 그는 우울함에 잠겨서 앉아 있었다. 존슨을 화나게 해서 자발적으로 집을 나가게 할 수 있을까 생각해 보았다. 어젯밤에 소년을 화나게 한 것은 예수 어쩌고 하는 이야기였다. 그 말로 존슨을 화나게 할 수 있을지는 모르지만 그 생각을 하니 우울해졌다. 왜 그냥 나가라고 말하지 못하는가? 실패를 인정해. 하지만 존슨을 다시 마주한다고 생각하니 속이 뒤집혔다. 소년은 셰퍼드를 죄인으로, 그를 도덕적 타락자로 여겼다. 그는 딱히 오만이 아니라도 자신이 좋은 사람이라는 것을, 자신에게는 질책할 것이 없다는 것을 알았다. 존슨에 대한 감정은 이제 자발성을 잃었다. 그는 소년에게 연민을 느끼고 싶었다. 소년을 도울 능력을 갖고 싶었다. 집에 자신과 노턴만 있던 시절이 그리웠다. 싸울 것이라고는 아이의 단순한 이기심과 자신의 외로움뿐이던 시절이.

셰퍼드는 일어나서 선반에서 접시 세 개를 내리고 스토브 앞으로 갔다. 그리고 아무 생각 없이 리마콩과 고기 요리를 접시에 담아 식탁에 음식을 차린 뒤 아이들을 불렀다.

아이들은 책을 가지고 왔다. 노턴은 자기 접시를 존슨 쪽으로 밀더니 의자를 존슨 옆에 붙였다. 둘은 책을 가운데 놓고 있었다. 가장자리를 빨갛게 칠한 검은 책이었다.

"너희 뭘 읽고 있는 거니?" 셰퍼드가 앉으면서 말했다.

"성경이요." 존슨이 대답했다.

오 하느님, 셰퍼느는 한숨을 쉬었다.

"우리가 10센트 상점에서 집어 왔어요." 존슨이 말했다.

"우리?" 셰퍼드가 말하고 노턴을 노려보았다. 아이의 얼굴은 밝고, 눈에 들뜬 광채가 있었다. 셰퍼드는 처음으로 아이의 변화에 충격을 받았다. 아이는 총기 있었다. 파란색 체크 셔츠를 입었는데, 눈동자 색깔이 예전에 본 적 없을 만큼 진한 파란빛이었다. 아이 안에 새로운 생명력이 있었고, 그것은 전에 없던 거친 면을 담고 있었다. 셰퍼드가 인상을 쓰고 말했다. "이제 너도 도둑질을 하니? 이타심은 못 배워도 도둑질은 배웠구나."

"아뇨, 노턴은 안 했어요." 존슨이 말했다. "제가 훔

쳤어요. 노턴은 가만 보기만 했어요. 노턴은 더러워지면 안 돼요. 나는 아무 상관없어요. 어차피 지옥에 갈 테니까요."

셰퍼드는 침묵을 지켰다.

"그러니까 회개하지 않으면요." 존슨이 덧붙였다.

"회개해, 형. 지옥에 가면 안 되잖아." 노턴이 간절한 목소리로 말했다.

"헛소리 그만해라." 셰퍼드가 아이를 노려보며 말했다.

"저는 회개하면 설교자가 될 거예요. 회개를 하려면 어중간하게 하는 건 소용없으니까요." 존슨이 말했다.

"너는 뭐가 될 거니, 노턴? 너도 설교자가 될 거니?" 셰퍼드가 예민한 목소리로 물었다.

아이가 두 눈에 열렬한 빛을 띠고 소리쳤다. "우주인이요!"

"훌륭하구나." 셰퍼드가 냉소적으로 말했다.

"예수님을 믿지 않으면 우주선 같은 거 다 소용없어." 존슨이 말하더니 손가락에 침을 묻히고 성경의 책장을 후루룩 넘겼다. "그걸 알려 주는 부분을 찾아서 읽어 줄게."

셰퍼드는 몸을 숙이고 분노가 담긴 낮은 목소리로 말했다. "성경 책 치우고 밥 먹어라, 루퍼스."

존슨은 계속 그 구절을 찾았다.

"성경 책 치우라니까!" 셰퍼드가 소리쳤다.

소년은 손을 멈추고 고개를 들었다. 놀라움과 즐거움이 담긴 표정이었다.

"너는 지금 그 책 뒤에 숨으려고 하고 있어. 그건 비겁한 사람들을 위한 책이야. 자기 발로 서고 자기 머리로 이해하기 두려운 사람들." 셰퍼드가 말했다.

존슨은 눈을 번쩍 빛내더니 의자를 약간 뒤로 물리고 말했다. "아저씨는 악마에게 사로잡혔어요. 저뿐 아니라 아저씨도 악마에게 사로잡혔어요."

셰퍼드는 책을 빼앗으려고 식탁 위로 손을 뻗었지만 존슨이 얼른 책을 무릎으로 내렸다.

셰퍼드는 웃었다. "너도 그 책을 믿지 않아. 너도 잘 알아!"

"믿어요! 아저씨는 내가 뭘 믿고 뭘 안 믿는지 몰라요."

셰퍼드는 고개를 저었다. "너는 안 믿어. 그러기에는 네가 너무 똑똑해."

"나는 그렇게 똑똑하지 않아요. 아저씨는 저에 대해 아무것도 몰라요. 내가 설령 성경을 안 믿는다고 해도 성경은 사실이에요." 소년이 말했다.

"너는 안 믿어!" 셰퍼드가 말했다. 그의 얼굴은 보기 흉하게 일그러졌다.

"믿어요! 제가 이걸 믿는다는 걸 보여 드리죠!" 소년이 소리치고는 무릎 위의 책을 한 장 찢어 입안에 넣었다. 그리고 셰퍼드를 빤히 바라보았다. 소년의 턱이 맹렬히 움직였고 종이가 바스락거리며 씹혔다.

"그만해, 그만." 셰퍼드가 메마르고 지친 목소리로 말했다.

소년은 성경을 집어 들더니 이로 한 장을 찢어 입에 넣고 씹었다. 두 눈이 불타올랐다.

셰퍼드는 손을 뻗어 소년의 손에서 성경 책을 쳐내고 차갑게 말했다. "식탁에서 나가."

존슨은 입에 든 것을 삼켰다. 그리고 눈앞에 화려한 광경이 펼쳐지는 듯 눈을 크게 뜨고 나직하게 말했다. "먹었어요! 내가 에제키엘처럼 성경을 먹었어요. 꿀처럼 달콤해요!"*

"식탁에서 나가라고 했지." 셰퍼드가 말했다. 양손이

주먹을 움켜쥔 채 접시 옆에 놓여 있었다.

"먹었어요!" 소년이 소리쳤다. 놀라움에 소년의 얼굴이 변화되었다. "에제키엘처럼 먹었어요. 앞으로 아저씨 집의 음식은 안 먹어요."

"그럼 가. 가라고." 셰퍼드가 나직하게 대꾸했다.

소년은 일어나서 성경 책을 들고 복도로 나가다 문 앞에 멈춰 섰다. 문턱에 선 소년의 작은 몸은 어두운 계시 같았다. "아저씨는 악마한테 사로잡혔어요." 소년은 기쁨에 차서 말하고 사라졌다.


식사 후에 셰퍼드는 거실에 혼자 앉아 있었다. 존슨은 집을 떠났지만 정말로 그냥 가버렸다고 믿을 수 없었다. 처음에 느낀 안도감은 사라졌다. 그는 마치 병이 막 시작될 때처럼 멍하고 추웠고, 안개 같은 두려움에 휩싸였다. 그냥 떠나는 것은 존슨에게는 걸맞지 않은 시시한 결말이었다. 소년은 돌아와서 무언가 증명하려고 할 것이다. 일주일 뒤에 와서 집에 불을 놓을지도 몰랐다. 이제는 어떤 미친 짓도 다 가능해

* 구약성경 『에제키엘』 3장 1~3절에서 예언자 에제키엘은 하느님의 말씀을 전하는 두루마리를 받아먹으니 꿀처럼 달았더라고 이야기한다.

보였다.

그는 신문을 읽으려고 집어 들었다가 곧 던져 버리고 복도로 나가 귀를 기울였다. 소년이 다락방에 숨어 있을지도 몰랐다. 그는 다락으로 올라가는 문을 열었다.

랜턴이 계단에 희미한 빛을 던지고 있었다. 아무 소리도 들리지 않았다. "노턴, 너 거기 있니?" 그가 불렀지만 아무 대답이 없었다. 그는 좁은 계단을 올라갔다.

랜턴 불빛이 만든 덩굴 같은 그림자들 속에서 노턴은 눈을 망원경에 대고 있었다. "노턴, 너 루퍼스가 어디 갔는지 아니?" 셰퍼드가 물었다.

아이는 그를 등지고 앉아 있었다. 등을 굽히고 커다란 두 귀를 어깨에 붙인 채 깊이 몰두해 있었다. 갑자기 아이가 손을 흔들더니 눈앞에 보이는 것에 더 가까이 가고 싶은 듯 망원경에 더 바짝 붙었다.

"노턴!" 셰퍼드가 큰 소리로 불렀다.

아이는 움직이지 않았다.

"노턴!" 셰퍼드가 소리쳤다.

노턴이 깜짝 놀라서 돌아보았다. 아이 눈은 이상하게 밝았다. 아이는 약간 시간이 지나고서야 셰퍼드를 알아보는 것 같았다. "찾았어요!" 아이가 숨을 가쁘게 쉬며 말했다.

"뭘?" 셰퍼드가 말했다.

"엄마요!"

셰퍼드는 문틀에 몸을 기댔다. 아이를 감싼 그림자들이 정글처럼 더 빽빽해졌다.

"와서 봐요!" 아이가 소리쳤다. 그런 뒤 땀에 젖은 얼굴을 체크 셔츠 자락으로 닦고 다시 눈을 망원경에 댔다. 아이의 등은 빳빳하게 굳어 있었다. 아이는 갑자기 다시 손을 흔들었다.

"노턴, 망원경으로 볼 수 있는 건 별들뿐이야. 오늘은 충분히 봤으니까 이제 방에 내려가서 자렴. 루퍼스가 어디 있는지 아니?" 셰퍼드가 말했다.

"엄마가 저기 있어요! 엄마가 저한테 손을 흔들었어요!" 아이가 망원경에서 눈을 떼지 않고 소리쳤다.

아이는 미친 듯이 손을 흔들었다.

"15분 후에는 침대에 들어가 있기를 바란다." 셰퍼드가 말했다가 잠시 후 덧붙였다. "내 말 듣는 거니, 노턴?"

아이는 열렬하게 손을 흔들었다.

"내 말 들어. 15분 후에 네 방에 가서 자고 있는지 볼 거야." 셰퍼드가 말했다.

그런 뒤 그는 계단을 내려가 응접실로 돌아갔다. 그리고 현관으로 가서 밖을 힐끔 보았다. 하늘에는 그가 어리석게도 존슨이 꿈을 품으리라 생각했던 별들이 가득했다. 집 뒤쪽 작은 숲 어딘가에서 황소개구리가 낮은 소리로 웅웅거렸다. 그는 의자로 돌아가서 잠시 앉아 있었다. 잠을 자야겠다고 생각했다. 그런데 의자 팔걸이를 잡고 일어서려는 순간 경찰차 사이렌 소리가 재난 경보처럼 동네로 천천히 들어와서 집 바깥에서 사그라졌다.

어깨에 얼음 망토처럼 차가운 무게가 얹혔다. 그는 현관으로 나가 문을 열었다.

두 경찰관이 사납게 으르렁거리는 존슨을 양옆에 끼고 걸어 올라오고 있었다. 존슨의 양팔은 각각 경찰들의 손목에 수갑으로 채워져 있었다. 옆에 기자가 따라왔고, 순찰차에는 또 다른 경찰이 대기하고 있었다.

"여기 선생님께서 보호하시는 아이가 있습니다. 곧 이 녀석을 잡을 거라고 말씀드렸죠?" 더 부루퉁한 경찰이 말했다.

존슨이 팔을 사납게 당기며 말했다. "내가 경찰을 기다린 거예요! 내가 잡히려고 안 했으면 아저씨들은 나를 못 잡았어요. 내가 꾸민 일이에요." 소년은 경찰에게 말했지만 그것은 셰퍼드에 대한 조롱이었다.

셰퍼드는 그를 차갑게 바라보았다.

"왜 잡히려고 했니? 왜 일부러 잡히려고 한 거니?" 기자가 존슨 옆에 가려고 이리저리 뛰면서 물었다.

기자의 질문과 셰퍼드의 모습은 소년을 분노에 빠뜨리는 것 같았다. "저 대단한 예수님한테 보여 주려고요!" 존슨이 소리치며 셰퍼드한테 발길질을 했다. "저 사람은 자기가 하느님인 줄 알아요. 저 사람 집에 사느니 차라리 소년원에 살겠어요. 교도소에 살겠어요! 저 사람은 악마에게 사로잡혀 있어요. 자기 오른손 왼손도 구분할 줄 몰라요. 멍청한 아들하고 똑같아요!" 그러더니 잠시 멈추었다가 어처구니없는 말을 했다. "저 사람은 저한테 더러운 말을 했어요!"

셰퍼드의 얼굴이 하얘졌다. 그는 문틀을 꽉 붙들었다.

"더러운 말이라니? 무슨 말을 뜻하는 거지?" 기자

가 흥분해서 물었다.

"부도덕한 말이지 뭐겠어요! 하지만 나는 받아들이지 않았어요, 나는 기독교인이에요. 나는……" 존슨이 말했다.

셰퍼드의 얼굴이 고통으로 오그라들었다. "이 아이도 그게 진실이 아니라는 걸 압니다." 그가 흔들리는 목소리로 말했다. "자기도 거짓말이라는 걸 압니다. 저는 제가 아는 한 이 아이를 위해 최선을 다했습니다. 내 아이한테보다 더 많은 걸 해 줬어요. 아이를 구해 보려고 했고 결국 실패했지만 거기에 부끄러움은 없습니다. 저 자신에게 질책할 것은 아무것도 없습니다. 저는 아이에게 그 어떤 더러운 말도 하지 않았습니다."

"그 더러운 말이 뭐였니? 저분이 정확히 뭐라고 말했는지 알려 줄 수 있니?" 기자가 물었다.

"아저씨는 더러운 무신론자예요. 이 세상에 지옥은 없다고 했어요." 존슨이 말했다.

"두 사람이 확실히 알게 됐으니 이제 그만 갑시다." 경찰관 한 명이 알겠다는 듯 한숨 쉬며 말했다.

"잠깐." 셰퍼드가 말하고 계단을 내려왔다. 그리고

자신을 구하기 위한 마지막 시도로 존슨의 눈을 들여다보며 말했다. "진실을 말해, 루퍼스. 너도 거짓말을 하고 싶지는 않지. 네 심성이 사악한 게 아냐. 네가 도덕적 혼란에 빠져 있을 뿐이지. 그 발이 주는 고통 때문에……"

존슨이 몸을 앞으로 던지며 소리쳤다. "무슨 헛소리예요! 내가 거짓말하고 도둑질하는 건 그걸 잘하기 때문이에요! 말은 아무 상관없어요! 절름발이가 먼저 오는 법이에요! 절름발이가 다 모일 거예요. 내가 구원받을 준비가 되면 예수님이 날 구원해 주실 거예요. 저 더러운 무신론자가 아니라……"

"그만하렴." 경찰이 말하고 그를 잡아당겼다. "여기 온 건 그저 선생님께 아이를 체포했다는 걸 보여 드리기 위해서입니다." 경찰이 셰퍼드에게 말했고, 두 사람은 돌아서서 소리치는 존슨을 끌고 갔다.

"절름발이가 노획물을 차지할 거예요!"* 소년이 소리쳤지만, 자동차 문이 그 소리를 가로막았다. 기자는

* 구약성경 『이사야』 33장 22~24절에는 구원의 날이 오면 '소경도 전리품을 듬뿍 얻고 절름발이도 노획물을 양껏 차지하리라'라는 대목이 나온다.

운전석 옆자리에 탔고, 경찰차는 사이렌을 울리며 어둠 속으로 사라졌다.

셰퍼드는 총을 맞고도 간신히 서 있는 사람처럼 몸을 약간 구부린 채 그 자리에 머물렀다. 그러다 잠시 후 몸을 돌려 집으로 돌아가 아까 앉았던 의자에 주저앉았다. 눈을 감으니 존슨이 경찰서에서 기자들에 둘러싸여 거짓말을 늘어놓는 모습이 떠올랐다. "나 자신에게 질책할 건 아무것도 없어." 그가 중얼거렸다. 자신의 행동은 이타적인 것이었다. 그의 목표는 존슨을 구해서 번듯한 사람으로 만드는 것이었다. 그는 자신을 아끼지 않았다. 자신의 평판도 희생했고, 자기 아이보다 존슨에게 더 정성을 기울였다. 불쾌함이 악취처럼 공중을 떠돌았고, 마치 자기 입 냄새처럼 가깝게 느껴졌다. "나한테 질책할 건 아무것도 없어." 그가 다시 말했다. 그 목소리는 건조하고 까칠했다. "나는 내 아이보다 그 아이에게 더 많은 정성을 기울였어." 그는 갑자기 공포에 사로잡혔다. 소년의 즐거운 목소리가 들렸다. 아저씨는 악마에 사로잡혀 있어요.

"자책할 건 아무것도 없어. 나는 내 아이보다 그 아이에게 더 많은 정성을 기울였어." 그가 다시 말했고,

그 목소리는 자신을 비난하는 것처럼 들렸다. 그는 그 문장을 소리 없이 다시 말해 보았다.

그의 얼굴에서 천천히 핏기가 가셨다. 백발 머리에 둘러싸인 얼굴이 거의 잿빛이 되었다. 그 문장이 머릿속에 울렸고, 음절 하나하나가 둔중한 타격처럼 그를 강타했다. 입술이 뒤틀렸고, 그는 깨달음에 눈을 감았다. 노턴의 쓸쓸한 얼굴이 떠올랐다. 슬픔을 있는 그대로 다 볼 수 없다는 듯 바깥쪽으로 아주 미세하게 돌아가 있던 왼쪽 눈. 그는 자신에 대한 명백하고 강렬한 혐오로 심장이 조여들어서 숨이 막힐 지경이었다. 그는 폭식가처럼 자신의 공허함을 선행으로 채워 왔던 것이다. 스스로에 대한 환상을 충족하기 위해 자기 아이를 방치했다. 그는 양심의 무게를 측정하는 명석한 악마가 존슨의 눈으로 자신을 조롱하는 것을 보았다. 자신에 대한 이미지가 쪼그라들어서 모든 것이 캄캄해졌다. 그는 마비감과 공포감에 휩싸여 앉아 있었다.

망원경을 보느라 등과 귀밖에 보이지 않던 노턴의 모습이 떠올랐다. 아이는 마구 손을 흔들었다. 아이를 향한 고통스러운 사랑이 밀려들면서 그에게 다시 생명을 불어넣는 것 같았다. 아이의 얼굴이 달라졌다. 구원자의 이미지, 눈부신 빛의 이미지였다. 그는 기쁨에 신음했다. 아이에게 모든 것을 갚아 줄 것이다. 다시는 아이를 힘들게 하지 않을 것이다. 아이의 어머니와 아버지가 될 것이다. 그는 벌떡 일어나 아이의 방으로 달려갔다. 아이에게 입을 맞추며 사랑한다고, 다시는 너를 실망시키지 않겠다고 말할 것이다.

노턴의 방은 불은 켜져 있지만 침대는 비어 있었다. 그는 돌아서서 다락방으로 올라갔고, 계단 꼭대기에서 구덩이에 빠질 뻔한 남자처럼 비틀거렸다. 삼각대는 쓰러지고 망원경은 바닥에 뒹굴고 있었다. 그로부터 몇십 센티미터 위쪽, 그림자의 정글 속에 아이의 몸이 매달려 있었다. 아이는 들보에 매달려 우주로 여행을 떠났다.

# 오르는 것은 모두 한데 모인다*

Everything That Rises Must Converge

의사는 줄리언의 어머니에게 혈압이 높으니 체중을 10킬로그램 정도 빼야 한다고 말했고, 그 결과 줄리언은 수요일 밤마다 버스를 타고 시내 YMCA의 감량 수업에 어머니를 모시고 갔다. 감량 수업은 쉰 살

* 프랑스 철학자 피에르 테일라르 드 샤르댕이 주창한 '오메가 포인트Omega Point'의 개념이다. '모든 물질은 물질마다의 "얼"이 있고 그것은 진화 과정에서 모이게 된다. 그래서 인간에 이르면 드디어 그 "얼"이 어떤 임계점을 넘어 새로운 차원을 창조할 수 있게 되는데 그것이 우리가 이야기하는 정신세계이다. 그리고 이후로도 인간은 진화를 거듭하게 되며 진화의 종착역은 물질과 정신이 비로소 하나가 된다는 오메가 포인트라는 것이다.'

이 넘고 체중이 75킬로그램에서 90킬로그램 사이인 근로 여성들을 위해 개설된 것이었다. 그의 어머니는 그중에서는 날씬한 축이었지만 어머니는 여자들은 나이와 체중을 말하지 않는다고 했다. 어머니는 혼자서 밤에 버스를 타지 않으려고 했다. 버스에 인종차별이 없어졌기 때문이다. 어쨌거나 어머니는 감량 수업이 자신의 몇 안 되는 즐거움 가운데 하나고 건강에 도움이 되며 공짜기 때문에 자신이 줄리언에게 해 준 것을 생각하면 줄리언이 거기까지 자신을 데리고 가는 일 정도는 해 줄 수 있다고 말했다. 줄리언은 어머니가 자신에게 해 준 일을 생각하고 싶지 않았지만 어쨌건 수요일마다 용기를 끌어모아 어머니를 모시고 갔다.

어머니는 준비가 거의 다 되어 복도 거울 앞에 나와 모자를 썼고, 그러는 동안 그는 뒷짐을 진 채 문틀에 기대서 화살이 몸을 꿰뚫기를 기다리는 성 세바스티아노*처럼 기다렸다. 모자는 새것이었고 어머니는 7.5달러를 주고 그것을 샀다. 어머니는 계속 말했다.

---

* 화살 세례를 맞고 순교한 3세기 로마 제국의 군인.

"이걸 그 값에 산 건 잘못 같아. 그래, 잘못이었어. 벗고 내일 환불해야겠어. 사지 말아야 했어."

줄리언은 눈길을 하늘로 돌리고 말했다. "잘못 아니에요. 그냥 쓰고 가요." 모자는 못생겼다. 자주색 벨벳 귀덮개가 한쪽은 내려오고 한쪽은 올라가 있었다. 모자의 나머지 부분은 녹색이고 솜이 삐져나온 쿠션 같았다. 그의 눈에 그것은 우스꽝스럽다기보다는 발랄하고 불쌍했다. 어머니를 즐겁게 하는 것은 모두 사소한 것들이고 그를 우울하게 만들었다.

어머니는 다시 한 번 모자를 들어 올렸다가 천천히 머리에 내려놓았다. 불그죽죽한 얼굴 양옆에 흰 머리칼들이 날개처럼 튀어나왔지만 하늘색 눈은 인생 경험에 물들지 않고 열 살 때 같은 천진함을 간직하고 있었다. 어머니가 과부로 고생하면서 그를 먹이고 입히고 학교에 보내고 이어 지금까지, 그러니까 '그가 자리를 잡을 때까지' 부양하고 있지 않았다면, 그가 시내로 데리고 나가는 사람은 어린 소녀라고도 할 수 있었을 것이다.

"괜찮아요. 이제 가요." 그가 말했다. 그는 문을 열고 어머니를 출발시키려고 먼저 마당길을 걸어갔다.

하늘은 죽어 가는 보라색이었고, 집들이 그 하늘 앞에 컴컴하게 서 있었다. 똑같은 집은 하나도 없었지만 뭉툭한 암적색 괴물 같은 모습은 너나없이 흉측했다. 이곳은 40년 전에 상류층 거주 지역이었기 때문에 어머니는 그곳의 아파트에 사는 것은 좋은 일이라는 생각을 버리지 않았다. 집들은 모두 주변에 좁은 흙 띠를 둘렀으며, 그 위에 대개 지저분한 아이 한 명이 나와 앉아 있었다. 줄리언은 두 손을 주머니에 꽂고 고개를 늘어뜨린 채 걸었다. 그의 두 눈은 어머니의 기쁨에 스스로를 희생하는 동안 완전히 무감각한 상태를 유지하겠다는 결심으로 뿌옜다.

문이 닫혀서 돌아보니 못생긴 모자를 쓴 땅딸막한 어머니가 다가와서 말했다. "사람은 한 번밖에 못 사는데, 돈을 조금 더 쓰면 어쨌건 길에서 똑같은 차림과 마주치지는 않을 거야."

"언젠가 저도 돈을 벌 거예요." 줄리언이 침울하게 말했다. 그럴 일이 없을 거라는 걸 알았다. "어머니도 충동이 들 때마다 그런 웃기는 물건을 사세요." 하지만 그들은 이사부터 갈 것이다. 그는 가장 가까운 이웃이 5킬로미터 거리에 떨어진 집이면 어떨까 생각했다.

"너는 잘하고 있어. 학교를 1년 쉬었잖아. 로마는 하루아침에 이루어지지 않았어." 어머니가 장갑을 끼우며 말했다.

부인은 YMCA의 감량 수업 수강생 가운데 드물게 모자와 장갑을 착용하고 왔고, 또 아들을 대학에 보냈다. 어머니가 말했다. "시간이 걸려. 세상이 엉망진창이니. 이 모자는 다른 여자들보다 나한테 더 어울렸어. 물론 여자가 처음 이걸 가져왔을 때 나는 '도로 갖다 놔요. 그걸 내 머리에 쓰고 싶지는 않아요' 하고 말했지만. 그랬더니 여자가 '일단 한번 써 보세요' 했고, 이걸 쓰고 내가 '그을쎄에' 했더니 여자가 '그 모자가 손님께 특별한 효과를 주고 손님도 모자한테 특별한 효과를 주는 것 같아요. 게다가 그 모자를 쓰면 길에서 똑같은 모자와 마주치는 일이 없을 거예요' 했지."

줄리언은 어머니가 이기적인 사람이었으면, 술을 마시고 자신에게 소리를 지르는 할망구였다면, 자신이 스스로의 운명을 더 잘 견딜 수 있을 것 같았다. 그는 순교 중에 신앙을 잃은 듯 우울함에 잠겨 길을 걸었다. 그의 길고 희망 없고 짜증스러운 얼굴을 보고 어머니는 서글픈 표정으로 걸음을 멈추더니 그의 팔을 잡았다. "기다려. 집에 가서 이걸 벗고 올게. 그리고 내일 반품하겠어. 내가 미쳤던 거야. 7달러 50센트면 가스 요금도 낼 수 있는데."

그는 어머니의 팔을 꽉 잡고 말했다. "반품하지 마세요. 저는 마음에 들어요."

"하지만 아무래도……"

"그런 말 말고 그냥 기쁘게 쓰고 다니세요." 그가 어느 때보다 더 우울해져서 말했다.

"세상이 이렇게 엉망인데 우리가 무언가에 기뻐할 수 있다는 게 기적이야. 바닥이 꼭대기에 갔다니까." 어머니가 말했다.

줄리언은 한숨 쉬었다.

"물론 자기 위치를 아는 사람은 어딜 가든 상관없지만." 어머니가 말했다. 어머니는 이 말을 감량 수업에 갈 때마다 했다. "거기 사람 대부분은 우리하고 다른 부류야. 하지만 나는 누구에게나 친절을 베풀 수 있어. 나는 내 위치를 아니까."

"사람들은 어머니의 친절에 관심 없어요." 줄리언이 거칠게 대꾸했다. "사람의 위치는 한 세대밖에 효과가 없어요. 어머니는 지금 자신의 처지도 위치도 전혀 몰라요."

어머니는 걸음을 멈추고 그에게 번득이는 시선을 던졌다. "나는 내 위치를 잘 알아. 네가 네 위치를 모른다면 나는 네가 부끄럽다."

"아, 젠장." 줄리언이 말했다.

"네 증조할아버지는 이 주의 주지사셨어. 할아버지는 부유한 지주셨고, 할머니는 가다이가 출신이야." 어머니가 말했다.

"주변을 좀 보세요, 지금 어머니가 사는 곳이 어디인지?" 그가 뻣뻣한 목소리로 말하고, 팔을 휘둘러 주변을 가리켜 보였다. 어둠이 짙어지면서 풍경은 어쨌건 낮보다는 덜 추레해 보였다.

"사람의 위치는 변하지 않아. 네 증조할아버지는 노예가 200명인 대농장주셨어." 어머니가 말했다.

"이제 노예는 없어요." 그가 짜증스럽게 대꾸했다.

"그 사람들은 노예일 때가 나았어." 어머니가 말했다. 그는 어머니가 그 이야기를 시작하는 것에 끙 소리를 냈다. 어머니는 노선 기차처럼 며칠에 한 번씩 그 길을 달렸다. 그는 그 노선의 정거장, 간이역, 주변

늪지를 모두 알았고, 어머니의 결론이 어느 지점에서
역에 위엄 있게 들어서는지도 정확히 알았다. "말도
안 돼. 전혀 현실적이지 않아. 그 사람들 처우를 개선
해 줘야 하는 건 맞지만, 그렇다고 울타리를 넘어오
면 안 돼."

"그만해요." 줄리언이 말했다.

"내가 정말 안타까운 건 절반만 백인인 사람들이
야. 그 사람들은 정말 비극적이야." 어머니가 말했다.

"그만 좀 하세요."

"우리가 절반만 백인이었다고 생각해 보렴. 얼마나
마음이 복잡했겠니."

"저는 지금도 마음이 복잡해요." 그가 답답해서 말
했다.

"즐거운 이야기를 하자꾸나." 어머니가 말했다. "내
가 어렸을 때 할아버지 댁에 가던 일이 생생해. 그 집
은 큰 계단이 양 갈래로 올라갔고, 2층은 정말로 2층
같았어. 요리는 모두 1층에서 했어. 나는 벽 냄새 때
문에 늘 부엌에 있는 걸 좋아했어. 석회에 코를 대고
앉아서 숨을 깊이 들이마셨지. 실제로 그 집은 가다
이가의 집이었지만 너희 체스트니 할아버지가 저당

금을 지불하고 다른 사람에게 팔리지 않도록 막아 주었어. 가다이가는 그때 처지가 어려워져 있었거든. 하지만 아무리 어려워졌어도 자신들의 위치는 잊지 않았지."

"그 썩은 집은 확실히 그분들하고 비슷해요." 줄리언이 말했다. 그는 그 집을 말할 때마다 경멸감을 느꼈지만, 동시에 그리움을 느끼지 않을 수 없었다. 그는 어릴 때 그 집이 팔리기 전에 한 번 가 보았디. 상 갈래 계단은 썩고 부서져 있었다. 집에는 깜둥이들이 살고 있었다. 그럼에도 그 집은 그의 마음에 어머니가 기억하는 모습으로 남았다. 그의 꿈에도 규칙적으로 등장했다. 그는 넓은 툇마루에 서서 참나무 이파리가 부스럭거리는 소리를 들었고, 그런 뒤 천장 높은 홀을 지나서 문이 열린 응접실로 들어가 낡은 깔개와 색 바랜 커튼을 바라보았다. 그것의 가치를 알아볼 수 있는 사람은 어머니가 아니라 자신이라는 생각이 들었다. 그는 그 집의 낡은 우아함을 그 무엇보다 더 좋아했고, 그 때문에 그들이 거쳐 온 동네들은 모두 그에게 고통이 되었다. 하지만 어머니는 그 차이를 몰랐다. 어머니는 자신의 무신경함을 '적응 능력'이라고 불렀다.

"그리고 내 유모였던 흑인 캐롤라인이 있었지. 정말 더없이 좋은 사람이었어. 나는 항상 흑인 친구들을 존경했어." 어머니가 말했다. "그 친구들을 위해서라면 무슨 일이든 할 거야. 그 친구들은……"

"그 이야기 좀 그만하실 수 없어요?" 줄리언이 말했다. 그는 버스에 혼자 타면 어머니의 죄를 속죄하듯이 꼭 깜둥이 옆자리에 앉았다.

"너 오늘 아주 예민하구나. 어디 안 좋니?" 어머니가 물었다.

"아뇨, 괜찮아요. 그냥 그 이야기를 그만하세요." 그가 말했다.

어머니는 입술을 오므렸다가 말했다. "아무래도 네가 안 좋은 것 같아. 너하고 이야기하지 말아야겠다."

그들은 버스 정류장에 도착했다. 버스는 보이지 않았고 줄리언은 계속 주머니에 손을 꽂은 채 고개를 내밀고 인상 쓴 얼굴로 텅 빈 거리를 보았다. 버스를 타는 것에 더해 이렇게 기다리기까지 하는 답답함이 뜨거운 손길처럼 목덜미를 더듬었다. 어머니가 고통스러운 한숨으로 자신의 존재를 들이밀었다. 그는 황

폐한 표정으로 어머니를 보았다. 어머니는 그 못난이 모자를 상상 속 위엄의 깃발처럼 쓰고 꼿꼿하게 서 있었다. 그는 어머니의 기백을 깨고 싶다는 사악한 충동이 일었다. 그는 넥타이를 풀어 주머니에 넣었다.

어머니가 뻣뻣해져서 말했다. "나를 시내에 데리고 가면서 왜 굳이 그렇게 해야 하니? 왜 나를 일부러 당황스럽게 만드는 거니?"

"어머니가 자기 위치를 깨우치기 힘들디면, 직어노 제 위치는 파악하시라고요." 그가 말했다.

"너는 무슨…… 건달 같아." 어머니가 말했다.

"건달인가 보죠." 그가 말했다.

"난 그냥 집으로 가겠어. 너를 귀찮게 하지 않으마. 네가 날 위해 그런 작은 일을 해 줄 수 없다면……" 어머니가 말했다.

그는 눈을 위로 치뜨고 다시 넥타이를 맸다. "원 계급으로 복귀." 이어 어머니에게 얼굴을 들이밀고 거칠게 덧붙였다. "진정한 교양은 정신에 있어요, 정신에." 그리고 머리를 톡톡 쳤다.

"그건 마음속에 있어. 그리고 행동거지에 있고. 행동거지는 자신의 위치에서 비롯돼." 어머니가 말했다.

"이 망할 버스에서 우리 위치를 신경 쓰는 사람은 아무도 없어요."

"나는 신경 써." 어머니가 차갑게 대꾸했다.

버스가 불을 켜고 앞쪽 언덕 꼭대기에 나타났고, 그들은 다가오는 버스를 맞으려고 앞으로 갔다. 그는 한 손을 어머니 팔꿈치에 대고 어머니를 삐걱대는 계단 위로 올려 보냈다. 어머니는 모두가 자신을 기다리는 응접실로 들어서는 듯 작은 미소를 띠고 버스에 탔다. 그가 버스표를 낼 때, 어머니는 버스 통로를 마주 보는 길쭉한 3인용 앞 좌석에 앉았다. 좌석 한편에는 여윈 몸에 뻐드렁니가 나고 머리가 노란 여자가 앉아 있었다. 어머니는 그 여자 옆에 앉아서 줄리언이 앉을 자리를 만들어 놓았다. 그는 거기 앉아서 복도 건너편 바닥을 보았고, 거기에는 빨강-하양 샌들을 신은 여윈 발이 놓여 있었다.

어머니는 즉시 대화 상대를 부르는 일반적인 말을 꺼냈다. "최악의 더위 아닌가요?" 그러고는 핸드백에서 일본풍 그림이 그려진 검은 접부채를 꺼내서 부쳤다.

“아직 최악은 아닌 것 같아요. 하지만 우리 집은 분명히 지금이 최악이에요.” 뻐드렁니 여자가 대꾸했다.

“오후 빛이 드나 보네요.” 어머니가 말했다. 그런 뒤 어머니는 몸을 내밀고 버스 앞뒤를 훑어보았다. 좌석은 절반쯤 차 있었다. 모두 백인이었다. “버스 안에 우리뿐이네요.” 어머니가 말했고, 줄리언은 몸을 움찔했다.

“가끔 이럴 때도 있어야죠.” 맞은편 좌석에 앉은 빨강-하양 샌들의 여자가 말했다. “며칠 전에 탔을 때는 그자들이 바글거렸어요. 앞쪽에도 그렇고 온 버스에.”

“세상이 온통 엉망이에요. 우리가 어쩌다 이런 곤경에 놓였는지 모르겠어요.” 어머니가 말했다.

“제가 정말 화가 나는 건 좋은 집안 아들들이 자동차 타이어를 훔친다는 거예요.” 뻐드렁니 여자가 말했다. “저는 아들한테 이렇게 말해요. 네가 부자는 아닐지라도 교육을 잘 받았는데 혹시라도 그런 일에 끼어들면 사람들이 널 소년원에 보낼 거라고 말이에요. 네 출신에 맞게 행동하라고요.”

“훈련은 효과가 있죠. 아드님이 고등학생인가요?” 어머니가 말했다.

“중학교 3학년이에요.” 여자가 말했다.

“우리 아들은 작년에 대학을 졸업했어요. 글을 쓰고 싶어 하지만 그 전에 먼저 타자기를 팔고 있답니다.” 어머니가 말했다.

여자는 몸을 숙여 줄리언을 보았다. 하지만 그가 적의에 찬 표정을 지어 보이자 도로 허리를 폈다. 복도 저편 바닥에 누가 버린 신문이 있었다. 그는 그것을 주워서 펼쳐 들었다. 어머니는 조심스럽게 낮은 목소리로 대화를 이어 나갔지만 복도 맞은편 여자는 큰 소리로 말했다. “좋네요. 타자기 판매하고 글쓰기는 비슷한 일이니까요. 곧바로 이어서 할 수 있어요.”

“제가 그렇게 말하죠. 로마는 하루아침에 이루어지지 않았다고요.” 어머니가 말했다.

신문을 든 줄리언은 평소에도 대부분의 시간을 보내는 자기 마음 안쪽으로 멀찌감치 물러났다. 그곳은 그가 주변의 일을 견딜 수 없을 때 조용히 들어가 앉는 정신적 캡슐 같은 공간이었다. 그는 거기서 밖을 내다보며 판단할 수 있지만 바깥의 침입은 막을 수 있었다. 그곳은 그가 주변 사람들의 어리석음을 피할 수 있는 유일한 장소였다. 어머니는 그곳에 들어온

적이 없지만 그는 그곳에서 어머니를 아주 또렷하게
보았다.

어머니는 똑똑한 여자였고, 그는 어머니가 출발점
만 제대로 되었다면 훨씬 괜찮은 사람이 되었을 거라
고 생각했다. 어머니는 자기 환상 세계의 법칙에 따라
살았고, 그는 어머니가 그 바깥에 발을 내딛는 걸 한
번도 본 적이 없었다. 그 법칙은 아들을 위해 당신을
희생하는 것이었는데, 그러기 전에 먼지 사태를 엉망
으로 만들어서 그럴 필요를 만들었다. 그가 어머니의
희생을 허락하는 것은 오직 어머니의 좁은 시야가 그
런 필요를 만들었기 때문이다. 어머니의 인생은 체스
트니가의 재산 없이 체스트니가처럼 행동하는 것, 체
스트니가에게 필요하다고 여겨지는 모든 것을 그에
게 주기 위해 고투하는 것이 전부였다. 하지만 이 고
투는 즐거운 고투야. 뭐하러 불평을 하겠니? 어머니
는 말했다. 그리고 내가 성공했듯이 너도 성공하면 어
려운 시절을 돌아보는 일이 얼마나 즐겁겠니? 그는
어머니가 그 고투를 즐거워하는 것도, 어머니가 성공
했다고 생각하는 것도 받아들일 수 없었다.

어머니가 성공했다고 말하는 건 그를 잘 키워서 대

학에 보냈고 그가 훌륭한 사람이 되었다는 뜻이었다. 그는 잘생겼고(어머니는 아들의 치아 교정을 위해 자신은 충치조차 치료하지 않았다), 똑똑하고(그는 자신이 성공하기에는 너무 똑똑하다는 것을 알았다), 앞날이 밝았다(물론 그의 앞날은 전혀 밝지 않았다). 어머니는 그가 우울한 것은 아직도 성장 중이기 때문이라고 보았고, 급진적인 견해를 품은 것은 현실 경험이 부족하기 때문이라고 보았다. 어머니는 그가 아직 '인생'에 대해 아는 게 없다고, 아직 현실 세계에 발을 들이지도 않았다고 말했지만, 그는 쉰 살 남자만큼이나 현실에 환멸을 느끼고 있었다.

이 모든 일의 깊은 아이러니는 그가 그런 어머니 밑에서도 잘 자랐다는 사실이었다. 삼류 대학에 갔지만, 스스로 노력해서 일류 교육을 받았다. 협량한 정신에 지배받으며 자랐지만 관대한 정신을 품었다. 어머니의 온갖 어리석은 견해에 노출되었지만, 편견 없이 대담하게 진실을 마주했다. 그중에 가장 큰 기적은 자신에 대한 사랑으로 눈이 먼 어머니와 달리 어머니에 대한 사랑으로 눈이 멀지 않고 어머니에게서 정서적으로 분리되어 어머니를 객관적으로 볼 수 있었다는 것이다. 그는 어머니에게 지배되지 않았다.

버스가 갑자기 덜컹 멈추면서 그는 명상에서 깨어났다. 뒤쪽에 있던 여자가 앞으로 휙 떠밀려 와서 그의 신문 위로 쓰러질 뻔하다가 중심을 잡았다. 그 여자가 내리고 덩치 큰 깜둥이가 탔다. 줄리언은 신문을 내리고 지켜보았다. 일상 속의 불의를 목격하는 것은 그에게 작은 만족감을 주었다. 그런 광경은 몇몇 예외를 제외하면 사방 500킬로미터 거리 안에는 알고 지낼 만한 사람이 정말 극소수라는 그의 견해를 더욱 확고히 해 주었다. 깜둥이는 좋은 옷을 입었고 서류 가방을 들었다. 그는 버스 안을 둘러보고 빨강-하양 샌들을 신은 여자의 좌석 다른 쪽 끝에 앉았다. 그는 바로 신문을 펼쳐 들고 그 뒤로 몸을 숨겼다. 줄리언의 어머니가 즉시 그의 갈빗대를 쿡쿡 찌르며 말했다. "이제 내가 왜 버스를 혼자 타지 않는지 알겠지?"

빨강-하양 샌들의 여자는 깜둥이가 앉는 순간 자기 좌석에서 일어나서 버스 뒤편으로 가더니 방금 내린 여자가 앉았던 곳에 앉았다. 어머니는 고개를 내밀고 그 여자에게 잘했다는 표정을 보였다.

줄리언은 통로를 건너가서 샌들을 신은 여자가 앉았던 자리에 앉았다. 그리고 거기서 어머니를 고요하게 건너다보았다. 어머니의 얼굴은 분노로 벌게졌다. 그는 모르는 사람 같은 눈길로 어머니를 보았다. 갑자기 긴장이 사라지는 것이 자신이 어머니에게 공개적으로 선전포고라도 한 것 같았다.

그는 깜둥이와 대화를 하고 싶었다. 예술이건 정치건 무엇이건 거기 있는 다른 사람은 이해할 수 없는 주제의 이야기를 나누고 싶었지만 남자는 신문 뒤에 숨어 있었다. 남자는 사람들이 자리를 옮긴 일을 몰랐거나 모른 척하거나 둘 중에 하나였다. 줄리언이 그에게 공감을 전달할 방법은 없었다.

어머니는 그의 얼굴에 질책의 눈길을 고정했다. 뻐드렁니 여자는 낯선 유형의 괴물을 보듯 그를 뜨겁게 바라보았다.

"혹시 불 있으신가요?" 그가 깜둥이에게 물었다.

남자는 신문을 든 채로 주머니에서 성냥갑을 꺼내주었다.

"고맙습니다." 줄리언이 말했다. 그는 잠시 멍청하게 성냥을 들고 있었다. 문 위쪽의 '금연' 표시가 그를 내려다보았다. 문제가 그것뿐이었다면 그는 뜻을 굽히지 않았을 것이다. 하지만 담배가 없었다. 몇 달 전에 담배 살 돈이 없어서 담배를 끊었다. "미안합니다." 그가 말하고 성냥을 돌려주었다. 깜둥이는 신문을 내리고 어처구니없다는 눈길을 던졌다. 그리고 성냥을 받아 들고 다시 신문을 들어 올렸다.

어머니는 계속 그를 보았지만, 그 어색한 순간을 이용하지는 않았다. 어머니의 눈은 상처 받은 표정을 유지했다. 그 얼굴은 혈압이 치솟은 듯 부자연스럽게 붉어 보였다. 줄리언은 얼굴에 연민의 빛을 허락하지 않았다. 그는 현재의 유리한 처지를 계속 유지하고 확실히 이용하고 싶었다. 어머니에게 금세 잊히지 않을 교훈을 주고 싶었지만, 그렇게 할 방법이 없었다. 깜둥이는 신문 뒤쪽에서 나오기를 거부하고 있었다.

줄리언은 팔짱을 끼고 무심하게 앞을 보았다—어머니가 보이지 않는 듯이, 어머니의 존재에 대한 인식을 멈춘 듯이. 버스가 정류장에 도착했을 때 그가 자리에서 일어나지 않는 장면을 상상해 보았다. 어머니가 "안 내리니?" 하고 물어보면 낯선 사람이 말을 건 듯 어머니를 바라보는 것이다. 그들이 내리는 모퉁이는 통행이 드물지만 가로등이 밝았고, 어머니가 YMCA까지 네 블록을 혼자 걸어가도 별일 없을 것이다. 그는 일단 기다렸다가 그때가 되면 어머니를 혼자 내리게 할지 어떨지 결정하기로 했다. 그는 10시에 다시 어머니를 데리러 YMCA에 가야 했지만, 그러면 어머니는 자신이 나타날지 어떨지 의문에 빠지게 될 것이다. 어머니가 언제나 자신을 믿게 할 필요는 없었다.

그는 다시 크고 고풍스러운 가구들이 띄엄띄엄 놓인 천장 높은 방으로 물러갔다. 그의 영혼은 순간적으로 부풀어 올랐지만, 맞은편의 어머니가 의식되자 영상은 사그라졌다. 그는 딱딱한 눈으로 어머니를 살폈다. 작은 구두에 담긴 발은 아이 발처럼 바닥에 채 닿지 못하고 공중에 걸려 있었다. 어머니는 그에게 과장된 질책의 표정을 보내고 있었다. 그는 어머니와 완전히 분리되는 느낌을 받았다. 그 순간 못된 아이의 따귀를 때리듯 어머니의 따귀도 즐겁게 때릴 수 있을 것 같았다.

그는 어머니에게 가르침을 줄 가능성 없는 여러 가지 방식을 상상해 보았다. 교수나 변호사처럼 사회

적 지위가 높은 깜둥이와 친구가 되고 그들을 집으로 데리고 와서 저녁 시간을 함께 보낼 수도 있었다. 구실은 나무랄 데 없을 테고, 어머니는 혈압이 300까지 치솟을 것이다. 하지만 어머니에게 뇌졸중을 일으킬 위험은 감수할 수 없었다. 게다가 그는 깜둥이 친구를 사귀는 데 성공한 적이 없었다. 그는 버스에서 괜찮아 보이는 사람들, 그러니까 교수나 목사나 변호사 같은 사람들과 안면을 트려고 한 적이 있었다. 어느 날, 아주 품위 있어 보이는 흑갈색 남자에게 말을 걸었는데 남자는 그의 질문에 깊고 위엄 있는 목소리로 대답을 했지만 직업이 장의사였다. 또 어느 날은 손가락에 다이아몬드 반지를 끼고 시가를 피우는 깜둥이 옆에 앉았지만, 몇 마디 농담이 오간 뒤 깜둥이는 하차 벨을 누르고 일어나서 줄리언의 손에 복권 두 장을 쥐여 주며 그의 다리를 타고 넘어가서 내렸다.

그는 어머니가 병으로 위독할 때 다른 의사가 없어서 어쩔 수 없이 깜둥이 의사를 데려온 경우를 상상했다. 그는 몇 분 동안 즐거이 그 상상을 하다가 자신이 흑인 시위에 동조자로 참여하는 상상으로 넘어갔다. 그것은 가능한 일이었지만 그는 그 상상에 오래

머물지는 않았다. 대신 궁극의 공포에 다가갔다. 흑인의 혈통이 의심되는 아름다운 여자를 집에 데려가는 것이다. 마음의 준비를 하세요, 어머니. 이건 어머니가 어쩔 수 없는 일이에요. 나는 이 여자를 선택했어요. 똑똑하고 품위 있고 거기다 착해요. 여자는 고통받았고 그걸 즐겁게 여기지 않아요. 이제 우리를 괴롭혀 봐요, 괴롭혀 봐요. 여자를 내쫓아 봐요. 그러면 저도 내쫓게 될 거예요. 그는 눈이 가늘어졌고 마음속에 일어난 분노를 통해 맞은편의 어머니를 보았다. 어머니는 자주색 얼굴, 덕성의 크기에 따라 난쟁이처럼 작아진 모습으로 그 어처구니없는 모자를 깃발처럼 쓰고 미라처럼 앉아 있었다.

버스가 멈추었을 때 그는 다시 환상에서 빠져나왔다. 문이 무언가를 흡입하는 듯한 소리를 내며 열리자, 밝은색 옷을 입었지만 얼굴은 부루퉁한 흑인 여자가 어린 사내애를 데리고 탔다. 아이는 네 살 정도 되어 보였고, 체크무늬 반바지 정장과 파란 깃털을 꽂은 페도라 모자 차림이었다. 줄리언은 아이가 자기 옆에 앉고, 여자가 어머니 옆에 앉기를 바랐다. 그러면 최상의 배치가 될 것 같았다.

여자는 버스표를 기다리면서 좌석을 둘러보았다. 줄리언은 여자가 그녀를 가장 꺼리는 사람 곁에 가서 앉기를 바랐다. 여자의 모습이 왠지 낯익었는데 이유는 알 수 없었다. 여자는 거인 같았다. 그 얼굴은 반대에 당당히 맞설 뿐 아니라 반대를 찾아 나서기까지 할 태세였다. 두꺼운 아랫입술을 아래로 내린 모습은 '나를 건드리지 말라'라는 경고판 같았다. 뚱뚱한 몸을 녹색 크레이프 원피스로 감싸고, 발은 빨간 구두에서 터져 나올 것 같았다. 그녀는 못생긴 모자를 쓰고 있었다. 자주색 벨벳 자락이 한쪽은 내려오고 한쪽은 올라간 모자였다. 나머지 몸통은 녹색이고 솜이 삐져나온 쿠션 같았다. 여자는 빨간색의 아주 큰 가방을 들었는데, 안에 돌멩이라도 쑤셔 넣은 것처럼 울퉁불퉁했다.

실망스럽게도 아이가 어머니 옆에 앉았다. 어머니는 아이들은 흑인이건 백인이건 '귀엽다'는 공통의 범주로 묶었고, 깜둥이 꼬마는 백인 꼬마보다 훨씬 더 귀엽다고 여겼다. 아이가 옆자리에 앉을 때 어머니는 아이에게 웃음을 지어 보였다.

그러는 동안 여자는 줄리언의 옆자리를 보더니 짜

증스럽게도 그 자리로 비집고 들어왔다. 그런데 여자가 자기 옆에 앉을 때 어머니는 표정이 변했고, 그는 그 일이 자신보다 어머니에게 더 큰 불쾌감을 주었다는 사실에 뿌듯함을 느꼈다. 어머니의 얼굴은 잿빛이 되었으며, 두 눈에는 어떤 끔찍한 장면에 맞닥뜨리고 그 정체를 알게 된 듯한 둔한 깨달음이 떠올라 있었다. 줄리언은 그것이 어머니와 여자가 어떤 의미로 아들을 바꾸었다는 사실 때문임을 알았다. 어머니는 그것의 상징적인 의미는 깨닫지 못하겠지만 느낄 수는 있을 것이다. 그의 즐거움이 얼굴에 고스란히 떠올랐다.

옆자리 여자는 알아들을 수 없는 말을 중얼거렸다. 그것은 짐승이 털을 곤두세우고, 성난 고양이가 나직하게 으르렁거리는 것 같았다. 그에게 보이는 것은 불룩한 녹색 허벅지에 놓인 빨간 핸드백뿐이었다. 그는 여자가 버스표를 기다리며 서 있던 모습을 되새겨 보았다. 육중한 몸집이 빨간 구두에서 시작해서 단단한 엉덩이와 거대한 가슴을 지나 오만한 얼굴로 이어졌고, 그 위에 녹색과 자주색의 모자가 있었다.

그의 눈이 휘둥그레졌다.

똑같이 생긴 모자 두 개의 모습이 일출처럼 빛을 뿜으며 그의 눈앞에 떠올랐다. 그의 얼굴은 기쁨으로 밝아졌다. 운명이 어머니에게 그런 교훈을 던져 주었다는 것을 믿을 수 없었다. 그는 자신이 그 사실을 알았다는 것을 어머니가 알 수 있도록 큰 소리로 키득거렸다. 어머니가 그에게 눈길을 돌렸다. 어머니의 파란 눈이 멍든 자주색이 된 것 같았다. 그는 잠시 어머니가 모르는 듯하다는 안타까운 느낌을 받았지만, 그것은 순간 지나가고 정의가 돌아왔다. 정의는 그에게 웃을 권리를 주었다. 그의 얼굴에 미소가 굳으면서 어머니에게 소리 내서 말하는 것 같은 표정이 되었다. 어머니는 어머니의 협량함에 맞는 벌을 받은 거예요. 이 일을 영원한 교훈으로 삼으세요.

어머니의 눈이 여자에게 돌아갔다. 아들을 보는 일을 참을 수 없고 차라리 여자 쪽이 낫다고 여기는 듯했다. 다시 한 번 옆자리에서 털을 곤두세우는 듯한 동작이 일었다. 여자는 활동을 시작하려는 화산처럼 우르릉거렸다. 어머니의 입 한쪽이 씰룩거렸다. 그런데 어머니 얼굴이 본래 모습을 회복하는 기미가 보여 그는 가슴이 덜컹 내려앉았다. 어머니는 이 상황을 재미있는 일로 여기고 아무 교훈도 얻지 못할 것 같았다. 어머니는 여자를 빤히 바라보면서 자기 모자를 뺏어 간 원숭이라도 보듯 즐거운 미소를 지었다. 깜둥이 꼬마는 큰 눈으로 여자를 바라보았다. 아이는 조금 전부터 여자의 관심을 끌려 하고 있었다.

"카버! 이리 오렴!" 여자가 불쑥 말했다.

마침내 자신이 관심의 초점이 되자 카버는 발을 좌석에 올리고 줄리언의 어머니를 바라보며 키득거렸다.

"카버! 내 말 듣는 거니! 이리 오라니까!" 여자가 말했다.

카버는 자리에서 미끄러져 내려왔지만 좌석 밑에 등을 대고 쪼그려 앉았다. 고개는 자신에게 미소 짓는 줄리언의 어머니를 향해 영악하게 돌아가 있었다. 여자는 손을 뻗어서 아이를 홱 잡아끌었다. 아이는 똑바로 앉았다가 여자의 무릎 위에서 뒤로 기대며 줄리언의 어머니에게 미소를 보냈다. "아이가 정말 귀엽네요." 줄리언의 어머니가 뻐드렁니 여자한테 말했다.

"그러네요." 여자가 심드렁하게 말했다.

깜둥이 여자는 아이를 똑바로 앉혔지만 아이는 여
자의 손을 빠져나가서 요란하게 키득거리며 다시 어
머니 옆자리로 돌아갔다.

"내가 좋은가 봐요." 줄리언의 어머니가 말하고 여
자에게 미소를 보냈다. 그것은 어머니가 열등한 자에
게 특별히 친절을 베풀 때의 미소였다. 줄리언은 모
든 게 어그러졌다는 걸 알았다. 교훈은 지붕 위의 빗
방울처럼 어머니에게서 미끄러져 나갔다.

여자가 일어나서 아이가 병균을 옮기는 걸 막듯이
아이를 잡아채 갔다. 여자는 자신에게 어머니의 미소
같은 무기가 없다는 데 분노하는 듯했다. 여자가 아
이의 다리를 세게 때렸다. 아이는 소리를 지르더니
여자의 배에 고개를 들이박고 여자의 정강이를 걸어
찼다. "가만있어." 여자가 사납게 말했다.

버스가 멈추었고 신문 읽던 깜둥이가 내렸다. 여자
는 몸을 돌려서 아이를 자신과 줄리언 사이에 내려놓
았다. 그리고 아이의 무릎을 꽉 잡았다. 아이는 두 손
으로 얼굴을 가리고 손가락 사이로 줄리언의 어머니
를 슬쩍 엿보았다.

"다 보인다아아아!" 어머니도 손으로 얼굴을 가린

채 손가락 사이로 아이를 보며 말했다.

여자가 아이의 손을 탁 때리고 말했다. "바보짓 그만하지 않으면 가만 안 두겠어!"

줄리언은 자신들이 다음 정류장에서 내려야 하는 걸 감사히 여겼다. 그는 손을 올려 줄을 당겼다. 여자도 동시에 줄을 당겼다. 아이고 하느님, 그들이 함께 버스에서 내리면 어머니가 핸드백에서 5센트 동전을 꺼내서 꼬마에게 줄 거라는 끔찍한 예감이 들었다. 그런 일은 어머니에게 숨 쉬는 일처럼 익숙했다. 버스가 멈추었고, 여자가 일어나서 내리기 싫어하는 아이를 질질 끌며 앞으로 돌진했다. 줄리언과 어머니도 그 뒤를 따라갔다. 문 앞에 이르자 줄리언이 어머니의 핸드백을 들어 주려고 했다.

"아냐, 저 아이에게 5센트 동전을 주고 싶어." 어머니가 말했다.

"안 돼요! 그러지 말아요!" 줄리언이 소리쳤다.

어머니는 아이에게 미소 지으며 가방을 열었다. 버스 문이 열리자 여자는 아이를 번쩍 들어 옆구리에 끼고 버스에서 내렸다. 이어 아이를 길 위에 내려놓고 몸을 흔들어 털어 주었다.

줄리언의 어머니는 버스에서 내리는 동안 가방을 닫아야 했지만 발이 땅에 닿자마자 다시 안을 뒤졌다. "1센트 동전 하나밖에 없네. 하지만 새 동전 같아." 어머니가 속삭였다.

"그러지 말아요!" 줄리언이 이를 악문 채 거칠게 말했다. 모퉁이에 가로등이 있었고, 어머니는 가방 안을 제대로 보려고 그 밑으로 뛰어갔다. 여자는 서둘러 길을 가려 했지만, 아이는 여전히 여자의 손에 잡힌 채 뒤로 버티고 있었다.

"꼬마야!" 줄리언의 어머니가 소리치고 빠르게 걸어 가로등을 바로 지난 곳에서 그들을 따라잡았다. "여기 반짝이는 1센트짜리 새 동전이 있어." 그리고 침침한 빛 속에서 황동색 동전을 내밀었다.

거구의 여자가 돌아서더니 잠시 가만히 서서 줄리언의 어머니를 노려보았다. 어깨가 올라가고 얼굴은 분노로 얼어붙었다. 그러더니 여자가 한순간 과부하 받은 기계처럼 폭발했다. 줄리언은 검은 손이 빨간 핸드백을 휘두르는 것을 보았다. 그는 눈을 감고 찡그린 채 여자의 외침을 들었다. "우리 아이는 1센트 동전 따위 필요 없어요!" 그리고 다시 눈을 떴을 때 여자는 아이를 들쳐 메고 길을 갔고, 아이는 여자의 어깨 위에서 눈을 크게 뜨고 이쪽을 보고 있었다. 줄리언의 어머니는 길에 주저앉아 있었다.

"제가 뭐라고 그랬어요. 그러지 마시라고 했잖아요." 줄리언이 화가 나서 말했다.

그는 잠시 이를 갈며 서 있었다. 어머니의 다리는 앞으로 뻗어 있었고 모자는 무릎에 놓여 있었다. 그는 쪼그려 앉아 어머니의 얼굴을 바라보았다. 아무런 표정이 없었다. "어머니가 자초한 일이에요. 이제 일어나세요." 그가 말했다.

줄리언은 어머니의 핸드백을 집어 들고 거기서 쏟아진 물건들을 도로 주워 넣었다. 그리고 모자를 어머니 무릎에서 집어 들었다. 길 위에 그 동전이 보여서 어머니 눈앞에서 핸드백에 넣었다. 그런 뒤 일어나서 허리를 굽히고 어머니를 일으켜 세우려고 두 손을 내밀었다. 어머니는 꼼짝하지 않았다. 그는 한숨을 쉬었다. 길 양편 검은 아파트 건물들에서 불규칙한 사각형 불빛들이 빛났다. 블록 끝에서 한 남자가 집에서 나와 반대 방향으로 걸어갔다. "누가 지나가다가 어머니한테 왜 이러고 계시냐고 물어보면 어쩌실 거예요?" 줄리언이 말했다.

어머니는 그의 손을 잡고 숨을 힘겹게 쉬며 무겁게 몸을 일으킨 뒤, 주변에 빛의 점들이 빙빙 돌기라도 하는 듯 잠시 흔들리며 서 있었다. 그늘지고 혼란스러운 어머니의 눈길이 마침내 그의 얼굴에 닿았다. 그는 답답함을 숨기려고 하지 않았다. "어머니가 이 일에서 교훈을 얻으셨으면 해요." 그가 말했다. 어머니가 몸을 굽히며 그의 얼굴을 훑어보았다. 그의 정체를 파악하려고 하는 것 같았다. 그러더니 아는 사람이 아니라는 듯 반대 방향으로 갔다.

"YMCA 가는 거 아니에요?" 그가 물었다.

"집으로 가." 어머니가 말했다.

"걸어서요?"

어머니는 그 질문에 대답하듯 계속 걸어갔다. 줄리언은 뒷짐을 지고 어머니를 따라 걸었다. 어머니가 받은 교훈의 의미를 설명해 주는 것도 좋을 듯했다. 방금 일어난 사건을 어머니가 제대로 이해하게 하는 것도 괜찮은 일 같았다. "깜둥이 여자가 건방져서 그랬다고 생각하지 마세요. 흑인들 전체가 어머니가 동정하며 건네는 동전을 받지 않을 테니까요. 그 여자는 말하자면 흑인판 어머니였어요. 그 여자도 어머니랑 똑같은 모자를 쓸 수 있고, 거기다 어머니보다 더 잘 어울리던걸요.” 그는 불필요하게 덧붙였다. (그게 재미있다고 생각했기 때문이다.) “이런 일이 의미하는 건 이제 옛 세상은 사라졌다는 거예요. 옛 습관도 폐물이 되고, 어머니의 친절은 아무 가치가 없어요.” 그는 자신이 잃어버린 집을 쓸쓸하게 떠올리며 말을 이었다. “어머니의 위치는 어머니가 생각하는 것과 달라요.”

어머니는 그의 말에 관심을 기울이지 않고 계속 걸어갔다. 머리 한쪽이 풀어져 있었다. 핸드백이 떨어졌지만 알아차리지 못했다. 그가 그것을 집어 들어 건넸지만 어머니는 받지 않았다.

“세상이 끝난 것처럼 그러지 마세요. 세상은 안 끝났어요.” 그가 말했다. “이제부터 새 세상에 살면서 이전까지 외면하던 현실을 똑바로 바라보세요. 기운 내시고요. 큰일 아니에요.”

어머니는 숨을 가쁘게 몰아쉬고 있었다.

“버스 타고 가요.” 그가 말했다.

“집으로 가.” 어머니가 쉰 목소리로 말했다.

"어머니가 이러시는 거 보기 싫어요. 어린애 같아요. 저한테 이런 모습을 보여 주시면 안 돼요." 그는 그 자리에 서서 어머니가 함께 버스를 기다리게 하기로 결심하고 말했다. "저는 더 안 가요. 같이 버스 타고 가요."

어머니는 그 말을 듣지 못한 것처럼 계속 걸어갔다. 그는 앞으로 걸어가 어머니의 팔을 잡고 멈춰 세웠다. 그리고 어머니의 얼굴을 들여다보았다. 그는 숨이 멎을 듯했다. 생전 처음 보는 얼굴이었다. "할아버지를 불러. 여기 와서 나를 데려가시라고 해." 어머니가 말했다.

그는 충격 속에 어머니를 바라보았다.

"캐롤라인을 불러. 여기 와서 나를 데려가라고 해." 어머니가 말했다.

그는 당황해서 어머니의 팔을 놓았다. 어머니는 비틀거리며 다시 걸었는데, 마치 한쪽 다리가 다른 쪽보다 짧은 사람처럼 보였다. 어둠의 밀물이 어머니를 그에게서 쓸어 가는 것 같았다. 그가 소리쳤다. "어머니! 어머니, 기다려요!" 어머니는 길에 털썩 쓰러졌다. 그는 달려가서 어머니 옆에 주저앉아 소리쳤다. "엄마, 엄마!” 그리고 어머니를 돌렸다. 어머니의 얼굴은 사납게 뒤틀려 있었다. 크게 뜬 한쪽 눈이 고정 끈이 풀린 듯 왼쪽으로 돌아갔다. 다른 눈은 계속 그의 얼굴을 훑어보더니 거기서 아무것도 찾지 못한 듯 내리감았다.

“여기서 기다려요. 기다려요!” 그가 소리치고 일어나서 도움을 구하려고 먼 불빛을 향해 달려갔다. “도와줘요, 도와줘요!” 그가 외쳤지만 그 목소리는 실처럼 가늘었다. 그가 달려갈수록 불빛은 더 멀리 떠갔고, 그의 발은 한 발짝도 움직이지 못하는 마비감 속에 비틀거렸다. 어둠의 밀물이 그를 다시 어머니에게로 쓸어 보내면서 그가 죄와 슬픔의 영토로 들어서는 것을 자꾸 미루는 것 같았다.

플래너리 오코너는 1925년 미국 남부 조지아주 서배너에서 태어났다. 외가와 친가 모두가 아일랜드계의 독실한 가톨릭 집안이었다. 아이오와 대학의 작가 워크숍에서 공부하고 그 후 뉴욕주 등에 잠깐 살았지만 스물다섯 살인 1950년에 루푸스병이 발병하면서 고향으로 돌아왔다. 고향에서의 힘든 투병 생활 중에도 꾸준히 작품 활동을 해서 장편소설『현명한 피』(1952)와『힘 있는 자가 차지한다』(1960), 단편소설집『좋은 사람은 드물다 외』(1955)를 발표했지만 서

른아홉 살인 1964년에 결국 사망한다. 두 번째 단편 소설집『오르는 것은 모두 한데 모인다 외』는 그 이듬 해에 출간되었다.

오코너는 이 네 권만으로 미국문학사에 깊은 자취를 남겼다. 특히 에드거 앨런 포와 O. 헨리를 잇는 미국 단편소설의 거장 중 한 명으로 평가받는다. (장편소설도 두 편 발표했지만 두 작품 모두 기발표된 단편소설들에 뿌리를 두고 있다. 1983년에 조지아 대학에서 오코너를 기려 만든 상도 '플래너리 오코너 단편소설상'이다.)

오코너의 작품 세계는 당시 미국 남부의 예술 장르였던 남부 고딕Southern Gothic의 흐름 속에 있다. 남부 고딕 작품은 편견과 차별이 가득한 퇴락한 사회에서 심각한 결함을 가진 인물들이 격렬하고 비극적인 사건을 일으키는 것이 특징이다. 이 남부 고딕을 대표하는 작가로 윌리엄 포크너, 테네시 윌리엄스 곁에 오코너도 이름을 나란히 한다.

이 중에 오코너의 작품 세계가 갖는 독특한 점은 많은 남부 고딕 작품이 시종 음울한 분위기를 띠는 데 반해 오코너의 작품은 비교적 평온한 분위기로 시작한다는 것이다. 비극은 대체로 느닷없는 반전처럼 들이닥치는데, 이런 반전에 오코너 문학의 핵심인 가톨릭 신앙이 담겨 있다.

오코너는 "보이는 우주는 보이지 않는 우주의 반영"이라고 보았다. 오코너의 작품에서는 흔히 뒤틀린 성품을 지닌 인물이 나타나서 보이는 세계만을 아는 피상적인 사람들을 좌절 또는 파멸시킨다. 「좋은 사람은 드물다」의 부적응자, 「당신이 지키는 것은 어쩌면 당신의 생명」의 시프틀릿 씨, 「절름발이가 먼저 올 것이다」의 루퍼스 존슨이 모두 그런 사람들이다. 이들이 일으키는 충격적인 비극이 오코너가 제시하는 계시의 순간들이다. 이들은 모두 세상에는 우리가 통제할 수 없는 신비가 있다는 것을 더없이 강렬하게 보여준다.

세상에는 언제나 기만적인 평화를 깨뜨리는 섬뜩한 진실의 불꽃이 있다. 그것을 포착하는 것이 예술가의 역량일 것이다. 오코너의 작품은 그 일을 예리하게 그리고 독창적으로 해냈기에 특정 종교의 믿음을 담은 채로도 일반 문학으로서 높은 평가를 받으며 오늘날에 이르고 있다.

1925      3월 25일 풀아버지 에드워드 오코너 2세와 어
          머니 레지나 클라인 오코너 사이의 외동 자녀
          로 조지아주 서배너에서 출생. 출생 시 이름은
          메리 플래너리 오코너.

1938      오코너의 아버지가 애틀랜타의 연방주택공사
          에 취직. 오코너와 어머니는 조지아주 밀리지
          빌로 이사.

1941      오코너의 아버지가 루푸스로 사망. 오코너, 피
          바디 고등학교 졸업.

1945      조지아 여자 주립 대학 졸업(사회학 전공).

         아이오와 대학 대학원 입학(저널리즘 전공).

         아이오와 대학 작가 워크숍에 참가해서 폴 잉

         글에게 지도받음.

1946     《액센트》지에 첫 단편소설 「제라늄 *The Geranium*」

         발표.

1947     「제라늄」 외 다섯 편의 단편소설을 실은 작품

         집(『제라늄 외』)으로 아이오와 대학에서 예술

         석사 학위 받음.

1948     라인하트-아이오와 소설상 수상.

         뉴욕주 콜로라도 스프링스에 있는 작가 마을

         야도로 감.

1949     번역가 로버트 피츠제럴드와 그 아내 샐리의

         코네티컷 집에서 그들과 함께 지냄.

1950     루푸스 진단받음.

1951     어머니와 함께 밀리지빌 근처의 농장 앤덜루

         시아로 이주.

1952     첫 장편소설 『현명한 피 *Wise Blood*』 출간.

1953     문예지 《케니언 리뷰》 펠로십 선정.

1955     첫 단편소설집 『좋은 사람은 드물다 외』 출간.

1956-64  가톨릭 신문 《불리튼》과 《서던 크로스》에 100
         편 이상의 서평 게재.

1957     「그린리프Greenleaf」로 오헨리상 수상.

1960     두 번째 장편소설『힘 있는 자가 차지한다The
         Violent Bear It Away』출간.

1963     「오르는 것은 모두 한데 모인다」로 오헨리상
         수상.

1964     8월 3일 루푸스 합병증인 신장 질환으로 사망.
         밀리지빌 메모리힐 묘지의 아버지 곁에 묻힘.

1965     「계시Revelation」로 오헨리상 수상.
         두 번째 단편소설집『오르는 것은 모두 한데
         모인다 외』출간.

1969     에세이집『신비와 태도Mystery and Manners: Occasional
         Prose』출간.

1971     초기 단편과 두 단편집을 한데 모은『단편소설
         전집The Complete Stories』출간.

1972     『단편소설전집』전미도서상 수상.

1974     조지아 주립 대학에 플래너리 오코너 기념실
         개관.

1979     서간집『존재의 습관The Habit of Being: Letters of Flannery

*O'Connor*』(샐리 피츠제럴드 편집) 출간.

존 허스턴의 영화 〈현명한 피〉 개봉.

1983     서평집 『은총의 존재 *The Presence of Grace: and Other Book Reviews*』 출간. 조지아대학출판부, 플래너리오코너단편상 제정(초회 수상자 데이비드 월턴).

1986     『플래너리 오코너와 브레이나드 체니 부부의 편지』(랠프 스티븐스 편집) 출간.

1987     『플래너리 오코너와 나눈 대화』(루즈메리 매기 편집) 출간.

1988     라이브러리 오브 아메리카에서 『플래너리 오코너 전집 *Flannery O'Connor: Collected Works*』 출간.

2002     전기 『플래너리 오코너』(진 캐시 지음) 출간.

2009     『단편소설전집』이 전미도서상(1950~2008) 최고의 소설상에 선정. 전기 『플래너리』(브래드 구치 지음) 출간.

2012     전기 『자비의 무시무시한 속도 : 플래너리 오코너의 영적 전기』(조너선 로저스 지음) 출간.

# 좋은 사람은 드물다

초판 1쇄 펴낸날  2026년 4월 20일

지은이  플래너리 오코너
옮긴이  고정아
펴낸이  김영정

펴낸곳  (주)현대문학
등록번호  제1-452호
주소  06532 서울시 서초구 신반포로 321 (잠원동, 미래엔)
전화  02-2017-0280
팩스  02-516-5433
홈페이지  www.hdmh.co.kr

© 2026, 현대문학

ISBN 979-11-6790-356-3 04840
      979-11-6790-340-2 (세트)